Oetinger

Paul Maar, 1937 in Schweinfurt geboren, studierte Malerei und Kunstgeschichte und ist einer der erfolgreichsten und vielseitigsten deutschen Kinder- und Jugendbuchautoren: Er schreibt und illustriert, übersetzt, verfasst Theaterstücke und Drehbücher. In vielen seiner Bücher zeigt sich Paul Maar als virtuoser Wortkünstler, der in Gedichten, Reimen und Rätseln Unerwartetes aus Buchstaben und Begriffen zaubert, so beispielsweise in »Kreuz und Rüben. Kraut und quer. Das große Paul-Maar-Buch«. Zu seinen erfolgreichsten Figuren gehört das Sams, mit dem er in sieben Büchern und drei Kinofilmen sein Publikum begeistert. Paul Maar erhielt zahlreiche bedeutende Auszeichnungen, u.a. den Deutschen Jugendliteraturpreis für sein Gesamtwerk, den Friedrich-Rückert-Preis und den E.T.A.-Hoffmann-Preis.

Paul Maar

Neue Punkte für das Sams

Verlag Friedrich Oetinger · Hamburg

Alles vom Sams

Eine Woche voller Samstage
Am Samstag kam das Sams zurück
Neue Punkte für das Sams
Ein Sams für Martin Taschenbier
Sams in Gefahr
Onkel Alwin und das Sams
Sams im Glück

Bei Oetinger sind alle Sams-Bücher auch als Hörbuch auf CD und die Kinofilme als DVD erschienen.

Für Tante Fanny-Frances

MIX
Papier aus verantwortungsvollen Quellen
FSC® C014496
www.fsc.org

Einband und Illustrationen von Paul Maar
Satz: Reemers Publishing Services GmbH, Krefeld
Druck und Bindung: GGP Media GmbH, Pößneck
Printed 2016
ISBN 978-3-7891-4204-8

www.wunschpunkte.de
www.oetinger.de

Inhalt

Das ist Herr Taschenbier

Herr Taschenbier arbeitet in einem Büro. Er ist ein schüchterner Mann, der ein recht eintöniges Leben führte – bis ihm eines Tages das Sams begegnete, eine Woche lang bei ihm blieb und alles auf den Kopf stellte. Die ganze Geschichte begann mit einem Sonntag, an dem die Sonne schien. Am Montag kam dann Herr Mon zu Besuch, am Dienstag hatte Herr Taschenbier wie immer Dienst, am Mittwoch war Mitte der Woche, am Donnerstag donnerte es. Am Freitag kriegte er frei und musste nicht ins Büro. Dann kam der Samstag und mit ihm das Sams.

Das ist das Sams

Das Sams sagte »Papa« zu Herrn Taschenbier und blieb bei ihm. Es hatte rote Haare, eine Rüsselnase und blaue Punkte im Gesicht, mit denen sich Herr Taschenbier Wünsche erfüllen konnte. Auch den nach einer Wunschmaschine, mit der er dann allerlei Unfug anstellte und Verwirrung stiftete.
Am meisten hatte der dicke Herr Lürcher unter diesen Wunschmaschinenwünschen zu leiden. Aber selbst die Polizei – bei der er sich fast jeden Tag beschwerte – konnte ihm nicht weiterhelfen.
Herr Mon, der beste Freund von Herrn Taschenbier, war der Einzige, der von dieser Maschine wusste. Er verriet das Geheimnis aber keinem Menschen. Nicht einmal Frau Rotkohl, die so großartige Apfelkuchen für ihn backte.

Schließlich war die Wunschmaschine durchgebrannt und nicht mehr zu reparieren, und beinahe hätte sich Herr Taschenbier seinen Lieblingswunsch gar nicht mehr erfüllen können: »Ich wünsche, dass das Sams immer bei mir bleibt!«

1. Kapitel
Ein Kartenspiel mit Fehlern

Es war Mitternacht und Herr Taschenbier saß auf dem Dach von Frau Rotkohls Haus. Er klammerte sich mit beiden Händen am Kamin fest, zitterte vor Aufregung und Furcht, hielt den Kopf starr geradeaus gerichtet und bemühte sich, nicht nach unten zu gucken, in die Tiefe. Neben ihm auf dem Dachfirst saß das Sams und ließ die Beine baumeln.

Wie die beiden da hinaufgekommen waren? Ganz freiwillig. Vor zehn Minuten hatten sie sich durch die enge Dachluke gezwängt und waren über die glatten, rutschigen Ziegel vorsichtig nach oben zum Dachfirst geklettert.

Was Herr Taschenbier da oben wollte? Neue Punkte für das Sams!

Weshalb er dazu um Mitternacht aufs Hausdach stieg? Auch das lässt sich erklären. Allerdings fängt man da besser mit dem Samstag an. Oder noch besser mit dem Freitag, als alles begann.

Am Freitag hatte Herr Taschenbier den allerletzten blauen Punkt weggewünscht, den ihm das Sams aufgehoben hatte, gut versteckt hinter dem linken Ohr. Er hatte gar nicht lange nachgedacht, was er wünschen solle, hatte nur tief Luft geholt und langsam und feierlich gesagt: »Ich wünsche, dass das Sams immer bei mir bleibt.« Da-

mit war der letzte blaue Punkt verschwunden, und Herrn Taschenbiers sehnlichster Wunsch war in Erfüllung gegangen.
Am Tag danach, am Samstag also, kamen Herrn Taschenbier schon die ersten Zweifel, ob er wirklich den besten aller Wünsche ausgesprochen hatte. Das war, als er mit dem Sams Karten spielen wollte.
Herr Taschenbier saß am Tisch und mischte die Spielkarten.
Das Sams hopste unterdessen im Bett auf und nieder und sang dazu im Takt:

»Ich freue mich, drum hüpf ich so,
als wäre ich ein Affenfloh.
Ich freue mich, jetzt bleib ich hier
bei meinem Papa Taschenbier.«

Herr Taschenbier sagte: »Ich freue mich ja auch. Trotzdem wäre es schöner, wenn du dich ein wenig leiser freuen könntest.«
»Noch leiser? Das kann ich leider nicht, Papa. Samsregel Nummer dreiundzwanzig:

Wer sich freut, soll ganz laut singen
und dabei vor allen Dingen
singend in die Höhe springen.«

Herr Taschenbier lachte. Er sagte: »Taschenbierregel vierundzwanzig: Wenn du Karten spielen willst, sollst du am Tisch sitzen und nicht auf meinem Bett herumhopsen!«
»Du hast aber merkwürdige Regeln«, sagte das Sams. »Die reimen sich ja nicht mal!« Es hörte auf zu hüpfen und rief: »Zum Sitzen flitzen! Die Karten warten! Ich zisch zum Tisch! Absprung mit Schwung!«

Es nahm zwei Schritte Anlauf, sprang mit einem großen Satz vom Bett in den Sessel und hüpfte von da auf den Stuhl. Der Stuhl kippte, das Sams stürzte. Es versuchte sich an der Tischdecke festzuhalten, riss sie vom Tisch und mit ihr alle Karten, einen Bleistift, einen Schreibblock, Herrn Taschenbiers Lesebrille und eine Vase voller Tulpen. Im Fallen griff das Sams nach der Blumenvase, bekam sie zu fassen und kugelte mit ihr unter den Tisch.

Als sich Herr Taschenbier von seinem Schreck erholt hatte und unter den Tisch guckte, saß das Sams da mit der unversehrten Vase und allen Blumen in der einen Hand, Herrn Taschenbiers Brille in der anderen, grinste und sagte: »Sturz kurz! Fall mit Knall! Papa entsetzt, Sams unverletzt!«

»Hast du dir wirklich nicht wehgetan?«, fragte Herr Taschenbier.
»Nein, hab ich nicht«, sagte das Sams und sammelte die Spielkarten vom Boden auf. »Die Karten sind jetzt bestens gemischt, wir können sofort anfangen.«
Herr Taschenbier legte die Decke wieder auf den Tisch, mischte die Karten noch einmal und sagte: »Nun setzt du dich aber bitte schön ganz normal auf deinen Stuhl, ohne Hüpfen und Stürzen!«
»Mach ich, Papa«, sagte das Sams und setzte sich. »Ich sitz wie der Blitz!«
Herr Taschenbier begann die Karten auszuteilen. »Bei ›Sechsundsechzig‹ bekommt jeder sechs Karten«, erklärte er dabei dem Sams.
»Jeder?«, fragte das Sams. »Also du und ich und Herr Mon und Frau Rotkohl und Herr Oberstein und Herr Lürcher und …«
»Ich meine, jeder von uns beiden bekommt sechs Karten«, stellte Herr Taschenbier richtig. »Das hier sind deine.«
»Meine? Alle sechs? Danke, Papa, danke!« Das Sams freute sich.
Herr Taschenbier deckte die dreizehnte Karte auf und legte sie auf den Tisch: die Herz-Neun.
»Herz ist also Trumpf«, sagte er. »Du fängst an!«
Das Sams nahm seine Karten vom Tisch auf, steckte sie nebeneinander in die linke Hand, betrachtete sie eingehend von vorne und von der Rückseite, beschnupperte jedes Kartenblatt einzeln, überlegte, kratzte sich am Bauch und wackelte unschlüssig mit der Rüsselnase hin und her.
»Nun mach schon!«, drängte Herr Taschenbier. »Spiel endlich aus. Was gibt's da so lange zu überlegen?«

»Ich weiß nicht, womit ich anfangen soll«, sagte das Sams. »Sind die roten Karten besser oder die schwarzen?«
»Die roten natürlich. Die mit einem Herz drauf«, sagte Herr Taschenbier. »Ich hab dir die Spielregeln doch vorher erklärt. Hast du sie schon wieder vergessen?«
»Nein, hab ich nicht.«
»Dann fang endlich an zu karten!«
»Das tu ich, Papa. Gleich sofort«, versprach das Sams, fing aber erst mal an zu singen:

»Regeln regeln
jedes Spiel;
das darf ich nicht vergessen.
Flegel flegeln
furchtbar viel,
besonders, wenn sie essen.«

Damit steckte es eine seiner Karten in den Mund, die Herz-Sieben, kaute genüsslich darauf herum und schluckte sie hinunter.
»Was … was machst du da?!«, rief Herr Taschenbier.
»Ich habe angefangen. Mit einer roten Karte, wie du's vorgeschlagen hast, Papa«, erklärte ihm das Sams, schob sich die Pik-Zehn in den Mund, kaute und verzog angewidert das Gesicht.
»Bäh!«, sagte es und schüttelte sich. »Du hast wirklich recht, Papa. Die schwarzen schmecken viel, viel schlechter als die roten.

Rote Karten schmecken fein.
Aber – bäh – die schwarzen!
Die schmecken wie ein Krötenbein
mit vierundfünfzig Warzen!«

»Was … was machst du da!«, schimpfte Herr Taschenbier.
»Das hast du jetzt schon zwei Mal gefragt. Ist das nicht langweilig, Papa? Willst du nicht lieber mal was anderes fragen?«, sagte das Sams. »Frag doch mal zum Beispiel, ob Herr Mon mit dem Saxofon auf dem Balkon einen dumpfen Ton …«
»Ich will weder nach Herrn Mon noch nach einem Saxofon fragen!«, rief Herr Taschenbier.
»Schade, das hätte sich so schön gereimt«, sagte das Sams. »Dann frag doch mal, ob Herr Oberstein bei Sonnenschein ein Stachelschwein …«
»Ich will auch nicht nach Herrn Oberstein fragen«, sagte Herr Taschenbier. »Und nach seinem Stachelschwein schon gar nicht!«
»Nach seinem? Hat er denn eines?«
»Nein, natürlich nicht!«
»Was willst du denn dann fragen, Papa?«
»Ich will überhaupt nichts fragen. Ich … ich will, dass du nicht die ganzen Karten auffrisst«, sagte Herr Taschenbier. »Das sind Spielkarten und keine … keine Speisekarten!«
»Willst du das, oder wünschst du das?«, fragte das Sams.

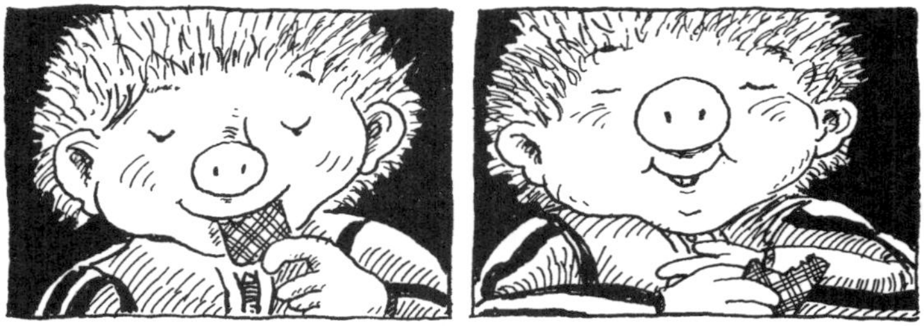

»Ich will … nein, halt: Ich wünsche es!«, befahl Herr Taschenbier mit erhobener Stimme. Ihm war gerade noch eingefallen, dass man bei Samsen besser »ich wünsche« sagt.
»Ach, du wünschst es, Papa«, wiederholte das Sams und griff nach dem Karo-König. »Das habe ich mir fast gedacht. Aber das Wünschen nützt jetzt leider nichts mehr. Weil du ja gestern den letzten blauen Wunschpunkt weggewünscht hast. Ich glaube, jetzt werde ich diese rote Karte mal probieren. Probieren, schnabulieren! Essen, fressen! Wenn du magst, kannst du ein kleines Stückchen abhaben, ja?«
Es biss herzhaft zu. »Mmm, höchst lecker, absolut gut, ungemein fein«, sagte es und kaute dabei. Nun hatte der Kartenkönig keine Krone, keinen Kragen und kein Zepter mehr, und von seinem roten Samtmantel fehlte ein Stück.
Herr Taschenbier warf seine Karten auf den Tisch und stand auf.
»So, jetzt reicht's mir!«, rief er. »Nun ist Schluss!«
»Wieso Schluss?«, fragte das Sams. »Haben wir denn schon angefangen?«
»Ich hab keine Lust mehr«, sagte Herr Taschenbier. »Ich gehe.«

»Du gehst, Papa? Aber warum denn? Wohin denn? Willst du denn nicht mehr mit den Karten spielen?«, fragte das Sams.

Herr Taschenbier gab keine Antwort und ging zur Tür. Das Sams warf seine Karten hin, nahm die Füße vom Tisch und sprang vom Stuhl. »Nimmst du mich denn nicht mit?«, fragte es.

Herr Taschenbier schüttelte den Kopf. »Nein. Ich gehe spazieren. Und zwar alleine. Ohne Sams«, sagte er. »Friss meinetwegen alle roten Karten auf, mir soll's egal sein. Ohne Karo-König und Herz-Zehn können wir sowieso nicht mehr ›Sechsundsechzig‹ spielen. Guten Appetit und auf Wiedersehen!« Damit verließ er das Zimmer.

Das Sams rannte hinter ihm her, holte ihn im Flur ein, fasste ihn bei der Hand und versuchte ihn zurückzuhalten. »Papa, nimm mich doch mit«, bat es.

»Ich denke nicht daran«, sagte Herr Taschenbier und zog seine Hand weg.

»Bitte, Papa, bitte!«, bettelte das Sams. Es sah so aus, als ob es gleich weinen würde.

Herr Taschenbier bekam langsam Mitleid mit ihm. Er blieb stehen und ließ es zu, dass das Sams wieder seine Hand ergriff. »Du glaubst wohl, ich will mich den ganzen Nachmittag von dir ärgern lassen?«, fragte er.

»Warum denn? Was hab ich getan? Ich weiß gar nicht, warum du ärgerlich bist«, sagte das Sams.

»Wenn ich sonst etwas von dir wollte, musste ich nur sagen: ›Ich wünsche es‹, und schon hast du es gemacht. Jetzt könnte ich genauso gut gegen eine Mauer reden oder mit einer Mülltonne sprechen ...«

»Na ja, letzte Woche hatte ich halt noch blaue Punkte«,

sagte das Sams. »Da musste ich alles tun, was du gewünscht hast. Jetzt muss ich nur noch tun, was ich will.«
»So ist das also!« Herr Taschenbier zog seine Hand wieder zurück und steckte sie in die Jackentasche, bevor das Sams sie festhalten konnte. »Wenn du mir einen Wunsch erfüllt hast, dann hast du es nicht mir zuliebe getan, nein! Du hast es nur wegen der blauen Punkte gemacht. Weil du gar nicht anders konntest. Gut, dass ich das weiß!«
»Das stimmt nicht! Ich hab's auch getan, weil du mein Papa bist und ich dein Sams.«
Herr Taschenbier sagte: »Vielleicht hätte ich gestern mit dem letzten Wunschpunkt lieber etwas anderes wünschen sollen ...«
»Etwas anderes?«, fragte das Sams. »Du willst mich nicht mehr bei dir haben?!«
»Doch. Aber ich hätte ja auch wünschen können, das du hundert neue Punkte im Gesicht hast. Mit dem ersten hätte ich gewünscht, dass du immer bei mir bleibst, und mit den restlichen neunundneunzig hätte ich verhindern können, dass ich mich über dich ärgern muss.«
»Aber das musst du nicht, Papa. Wirklich nicht«, sagte das Sams. »Ich ärgere dich doch nicht. Nie!«
»Nie? Und wer hat dann meine Karten aufgefressen?«
»Ich nicht«, beteuerte das Sams.
»Du nicht?!« Herr Taschenbier ging zurück ins Zimmer, zum Tisch, nahm das, was von der angebissenen Karte noch übrig geblieben war, und hielt es dem Sams unter die Nase. »Und was ist das?«, fragte er.
»Ein halber Karo-König«, antwortete das Sams wahrheitsgemäß.

»So, so, ein halber König. Willst du vielleicht behaupten, dass ihn Termiten oder Heuschrecken angeknabbert haben?«
Das Sams lachte. »Nein. Papa, das war ich. Das weißt du doch. Hat sehr gut geschmeckt.«
»Jetzt gibst du also doch zu, dass du meine Karten gefressen hast?«
»Doch nicht deine. Nur die Karten, die du mir vorhin geschenkt hast. Erinnerst du dich denn nicht? ›Das hier sind deine‹, hast du gesagt. Eigentlich wollte ich meine Karten ja gar nicht essen, sondern ausspielen. Aber sie haben sehr, sehr gut gerochen. Da hab ich gedacht: Mit seinen eigenen Sachen darf man machen, was man will. Das ist doch richtig, Papa, oder? Das hast du auch mal zu Frau Rotkohl gesagt.«
»Kann schon sein«, musste Herr Taschenbier zugeben.
»Siehst du!«, rief das Sams und fing vor Begeisterung an zu singen:

»Mit meinen Sachen
darf ich machen,
was ich mag.
Was darf ich machen
mit meinen Sachen
den ganzen Tag?
Ich darf sie pflegen,
ich darf sie verlegen,
ich darf sie putzen,
ich darf sie verschmutzen,
ich darf sie heiß waschen,
ich darf sie vernaschen,

ich darf sie polieren,
ich darf sie beschmieren,
ich darf sie vergessen …«

»Und du dachtest, du darfst sie auch essen«, ergänzte Herr Taschenbier. »Jetzt begreife ich langsam.«
»Das ist schön«, sagte das Sams. »Und als du auch noch behauptet hast, die roten schmecken besser …«
»*Sind* besser!«, stellte Herr Taschenbier richtig.
»Ja, die sind viel, viel besser«, bestätigte das Sams. »Und so hab ich sie eben gegessen. Aber ärgern wollte ich dich nicht. Oder höchstens ein ganz, ganz, ganz klein wenig.«
Nun war Herr Taschenbier völlig versöhnt. »Es war also mehr ein Missverständnis.« Er nahm das Sams bei der Hand. »Komm mit! Dann steht einem gemeinsamen Spaziergang ja nichts mehr im Wege.«
»Hat was auf dem Weg gestanden? Das hat bestimmt Frau Rotkohl dorthin gestellt«, sagte das Sams.
»Nein, nein …«
»Herr Mon vielleicht?«, fragte das Sams. »Dann war es sicherlich ein Hamsterkäfig.«
»Auch nicht. Das sagt man nur so«, erklärte ihm Herr Taschenbier. »Ich meine damit, dass wir jetzt zusammen spazieren gehen.«
»Spazieren gehen, wunderschön!«, rief das Sams. »Schluss mit Karten, nicht mehr warten, sondern starten, durch den Garten!«
Das taten sie dann auch. Und obwohl das Sams unterwegs einige Gartenzäune annagte, einem Autofahrer die Zunge zeigte, auf dem Marktplatz im Springbrunnen tauchte und schließlich einen dicken, überfressenen Dackel ins Wasser

setzte, um mit ihm Seehund zu spielen, bereute es Herr Taschenbier an diesem Nachmittag nicht mehr, dass er am Vortag den allerletzten blauen Sams-Wunschpunkt verbraucht hatte.
Auch am Sonntag bedauerte er es kein einziges Mal, genauso wenig wie am Montag oder Dienstag.
Der Wunsch nach neuen Wunschpunkten kam ihm erst am Mittwoch wieder.
Nicht etwa, dass das Sams besonders frech gewesen wäre und Herrn Taschenbier geärgert hätte. Es hatte zwar am Mittwochmorgen fast die Küche in Brand gesteckt, als es mit einem Streichholz ausprobieren wollte, ob man Frau Rotkohls Tischdecke anzünden kann. Herr Taschenbier war darüber nicht gerade erfreut gewesen, wie man sich denken kann. Auch nicht darüber, dass das Sams den Brand nicht mit Wasser, sondern mit Kartoffelsuppe aus Frau Rotkohls Kühlschrank gelöscht hatte.
Aber wenn man mal vom Tischdeckenbrand absah, war es für Samsverhältnisse fast brav gewesen.
Nein, Herr Taschenbier hätte gerne aus ganz anderen Gründen wieder Wünsche frei gehabt. Oder doch wenigstens einen einzigen.
Herr Taschenbier hatte sich nämlich verliebt!

2. Kapitel
Herr Taschenbier hat sich verliebt

Als Herr Taschenbier am Mittwochabend von der Arbeit nach Hause kam, war er ganz anders als sonst. Gewöhnlich setzte er sich nach einem langen Arbeitstag erst mal in seinem Zimmer in den Sessel und ruhte sich aus. Dann las er die Tageszeitung, und wenn das Sams mit ihm reden wollte, bekam es meist nur kurze Antworten. Später, nach dem Abendbrot, taute Herr Taschenbier erst so richtig auf und lachte, wenn das Sams Witze machte oder ihm selbst erfundene Lieder vorsang.

An diesem Mittwochabend kam er singend nach Hause, begrüßte Frau Rotkohl, seine Vermieterin, die gerade auf der Leiter stand und Fenster putzte, wunderte sich auch gar nicht sehr, dass Herr Mon ihr beim Saubermachen half und mit einem großen Staubsauger in der Küche herumfuhrwerkte, klopfte seinem Freund kurz und herzlich auf die Schulter, stürmte in sein Zimmer und rief schon in der Tür: »Einen wunderschönen Abend, liebes Sams. Stell dir vor: Sie hat mich nicht nur gegrüßt, sie hat mir auch zugelächelt. Im Aufzug.«

»Guten Abend, Papa. Das ist aber freundlich, dass dir Frau Rotkohl zulächelt«, antwortete das Sams. »Und noch dazu in diesem Aufzug, wahrscheinlich mit Schürze, Kopftuch und Gummihandschuhen.«

»Ich meine nicht diese Art von Aufzug, ich spreche vom Fahrstuhl, mit dem ich immer in den ersten Stock hinauffahre, zum Büro.«

»Und da war Frau Rotkohl?«

»Wer spricht denn von Frau Rotkohl!« Herr Taschenbier wurde richtig ungeduldig. »*Sie!* Hast du denn schon vergessen, was ich dir vorgestern erzählt habe? Dass neben meinem Büro seit letzter Woche eine Frau arbeitet, die …«

»Die?«

»Die … nun ja, die mir eben gefällt. Sehr gefällt.«

»Ach, die mit der Nase meinst du.«

»Nase?«, fragte Herr Taschenbier. »Stimmt. Jetzt erinnere ich mich. Ich hab dir erzählt, was sie für eine hübsche Nase hat. Dass du dich ausgerechnet daran erinnerst! Von ihren Augen hab ich dir aber auch erzählt und davon, wie sie immer ihre Aktentasche trägt …«

»Das hast du mir nicht erzählt, du hast es mir sogar vorgemacht! Und an ihre Nase erinnere ich mich, weil ich es nicht leiden mag, wenn du bei anderen die Nase schön findest, bei mir aber nicht.«

»Du hast dafür aber sehr schöne rote Haare und …«

»Und die Nase?«

»Außerdem bist du witzig und lustig und meistens sehr liebenswert, wenn du nicht gerade *zu* frech bist …«

»Und die Nase?«

»Dein Taucheranzug steht dir ganz ausgezeichnet. Und erst deine Taucherflossen!«

»Und meine Nase?!« Das Sams ließ nicht locker.

»Die Nase? Hm, die kann man mit dem besten Willen nicht hübsch nennen. Es ist ja auch eigentlich ein Rüssel …«

»Siehst du, du kannst meine Nase nicht leiden. Ich hab's geahnt! Aber die Nasen von irgendwelchen Frauen aus dem Fahrstuhl lobst du stundenlang …«
»Erstens ist das nicht ›irgendeine‹ Frau, und zweitens lobe ich ihre Nase nicht stundenlang. Ich habe sie lediglich einmal kurz erwähnt.«
»Ich kann sie jedenfalls nicht leiden!«
»Wen? Die Nase oder die Frau?«
»Beide!«
»Du bist ja so was von ungerecht!« Herr Taschenbier war beleidigt. »Du kennst sie doch gar nicht!«
»Ich will die beiden auch nicht kennenlernen«, sagte das Sams, kletterte auf den Tisch und fing an zu singen:

»Ach, wie ist sie wundervoll,
so sagst du immerzu.
Ach, wie ist die Nase toll
von dieser blöden Kuh!

Ach, wie ist ihr Lächeln fein,
das raubt dir noch den Schlaf;
ach, wie hübsch das Nasenbein
von diesem doofen Schaf!«

Das Sams sprang vom Tisch in den Sessel und fragte: »Na, wie findest du mein Liebeslied?«
Herr Taschenbier hatte gegen seinen Willen lachen müssen, bemühte sich nun, recht streng zu schauen, und sagte: »Unverschämt frech. Ich mag es nicht, wenn du so über diese Frau redest.«
»Wenn du so weitermachst, verliebst du dich noch in sie!«, warnte das Sams.
»Na und? Was wäre so schlimm daran?«, fragte Herr Taschenbier. »Würde es dich stören?« Er wurde ein bisschen rot und fügte leise hinzu: »Wer weiß, vielleicht bin ich schon verliebt!«
»Verliebt?!«, rief das Sams. »Wie gut, dass du so schüchtern bist. So wird sie es wenigstens nie erfahren. Und wie schön, dass ich keine blauen Punkte mehr habe. Sonst würdest du dir bestimmt gleich wünschen, dass sie sich auch in dich verliebt und ihr am Ende womöglich heiratet. Brrr!« Es schüttelte sich, schaudernd bei diesem Gedanken.
»Was ist daran so schlimm, dass du ›brrr‹ machst?«, sagte Herr Taschenbier.
»Stell dir vor: Zu dritt in diesem Zimmer! Es ist so klein, dass du kaum Platz für mein Kinderbett gefunden hast.«
»Wir werden uns eben eine Dreizimmerwohnung suchen.«
»Aha, wir ›werden‹! Du planst es also schon!«, rief das Sams.

»Ich wollte natürlich sagen: Wir ›würden‹«, antwortete Herr Taschenbier. »Trotzdem verstehe ich nicht, was du dagegen hast.«
»Ich hab überhaupt nichts dagegen. Ich will nur, dass diese Frau nicht hier einzieht. Ich will, dass du mein Papa bist und ich dein Sams und hier nicht plötzlich irgendwelche fremden Frauen sitzen und du dich die ganze Zeit mit ihnen unterhältst und kaum noch mit mir und dass die dann womöglich noch in meinem Lieblingssessel …«
»Keine Angst«, unterbrach Herr Taschenbier das Sams. »Fremde Frauen werden hier nie wohnen. Höchstens eine einzige.«
»Und die ist schon zu viel«, murmelte das Sams; so leise, dass es Herr Taschenbier nicht verstehen konnte.
Laut sagte es: »Ich gehe ins Bett. Ich will schlafen.«
»Jetzt schon?«, fragte Herr Taschenbier verblüfft.
»Ja, jetzt schon«, antwortete das Sams und hüpfte vom Sessel auf das Bett. »Sonst muss ich mir womöglich noch anhören, was die Frau für bezaubernde Füße hat und wie anmutig sie damit gegen den Papierkorb treten kann.«

Dann hatte es aber doch noch eine Frage: »Wie heißt sie eigentlich, diese Frau?«
»Wenn ich das nur wüsste«, seufzte Herr Taschenbier.
»Vielleicht Pippilotta oder Rollgardina?«, schlug das Sams vor.
»Und wenn sie Viktualia Pfefferminz hieße, mir wär's egal. Bei ihr würden alle Namen gut klingen«, sagte Herr Taschenbier.
»Brrr!«, machte das Sams noch einmal, legte sich das Kissen aufs Ohr und zog die Decke über den Kopf. Wenig später war es eingeschlafen.

3. Kapitel
Wenn das Sams doch wieder Punkte hätte!

An den darauffolgenden Tagen war Herr Taschenbier höchst wechselhaft gelaunt.

Am Donnerstag kam er singend nach Hause, sprang die sieben Stufen zur Wohnung in drei Sätzen hinauf, grüßte Frau Rotkohl lauthals im Vorübereilen, riss die Zimmertür auf und rief schon auf der Schwelle: »Heute hab ich sie gesehen. Ich bin ihr wieder im Aufzug begegnet. Stell dir vor, sie hat mir sogar zugenickt!«

Worauf das Sams missmutig antwortete: »Nur weil sie ein Nickerchen gemacht hat, brauchst du doch nicht so herumzuschreien, Papa. Hier, guck mal: Ich nicke dir sogar fünfmal zu.«

Und weil sich Herr Taschenbier davon nicht ganz so begeistert zeigte wie bei der Frau aus dem Fahrstuhl, war das Sams den ganzen Abend brummig.

Am Freitag kam Herr Taschenbier langsam wie eine Schnecke beim Haus an, ging grußlos an Frau Rotkohl vorbei in sein Zimmer, ließ sich dort gleich in den Sessel fallen und sagte: »Heute bin ich ihr nicht begegnet. Dabei bin ich den halben Tag nur Aufzug gefahren, immer rauf und runter. Herr Oberstein, mein Chef, war ziemlich sauer und hat gesagt, das zieht er mir vom Gehalt ab. Sie wird doch nicht gekündigt haben und woanders arbeiten?!«

Das Sams grinste über das ganze Gesicht und sagte: »Vielleicht ist sie nach Dortmund umgezogen oder nach Australien.«
»Mach darüber bitte keine Witze«, sagte Herr Taschenbier. »Ich bin richtig niedergeschlagen.«
»Niedergeschlagen?«, fragte das Sams. »Dann muss ich dich wohl wieder hochschlagen!«
Und schon fing er an zu reimen: »Hochschlagen, lass dir sagen: Schluss mit Klagen, Wohlbehagen!«
Den ganzen Spätnachmittag und Abend machte es dumme Späße, erzählte Witze und sang so laut, dass Frau Rotkohl mehrmals an Herrn Taschenbiers Tür klopfte und um Ruhe bat.
Schließlich streckte sie sogar den Kopf ins Zimmer und rief: »Herr Flaschen… äh … Taschenbier, ich will Ihnen mal was sagen: Dieses Kind da oder Sams oder wie Sie das Balg nennen, macht einen derartigen Krach, dass es nicht auszuhalten ist. Wenn Herr Mon nicht Ihr Freund wäre und so ein freundlicher Herr, hätte ich Ihnen schon längst gekündigt. Ich bitte also dringendst um Ruhe!«
»Wie fein, dass wir einen so freundlichen Herrn und herrlichen Freund haben«, sagte das Sams.
»Obwohl er sich kaum noch um mich kümmert«, fügte Herr Taschenbier hinzu. »Wenn er kommt, sitzt er ja doch die ganze Zeit bei Ihnen in der Küche, isst Apfelkuchen und trinkt Kaffee mit Schlagsahne.«
»Und nimmt sich vier Stück Zucker für eine Tasse«, petzte das Sams.
»Herr Mon darf sich so viel Zucker gestatten, wie er möchte«, antwortete Frau Rotkohl spitz. »Ich zähle das nicht nach.«

»So? Bei mir haben Sie das früher immer getan!«, sagte Herr Taschenbier. »Früher hatten Sie auch was gegen Tiere in der Wohnung. Nun darf Herr Mon jedes Mal seinen Lieblingshamster mitbringen und sogar seinen Papagei.«
»Sie stopft ihn mit Käserinden und Hackfleisch so voll, dass er schon aussieht wie ein aufgeblasener Luftballon«, sagte das Sams.
»Herr Mon?«, fragte Herr Taschenbier.
»Nein, der Papagei. Sie will sich doch bei Herrn Mon ein-

schmeicheln. Sie denkt, er freut sich bestimmt, wenn sein Papagei demnächst platzt.«
»Unverschämter Bengel!«, schimpfte Frau Rotkohl und knallte die Tür wieder zu.

»Die Tür ist zugefallen
mit einem lauten Knallen«,

reimte das Sams.

»Die Türe ist nun zu,
jetzt herrscht hier wieder Ruh.
Die Türe ist geschlossen …«

Herr Taschenbier unterbrach das Sams. »Du sollst Frau Rotkohl nicht immer ärgern!«, sagte er.
»Warum? Sie tut das doch auch«, sagte das Sams.
»Sie ärgert dich?«
»Nein, sich. Das ist ungerecht, Papa! Sie darf sich ärgern, aber ich darf es nicht.«
»Du darfst dich nicht ärgern?«
»Nein, sie!«
»Das ist mir zu schwierig«, sagte Herr Taschenbier.
»Schwierig oder nicht, es stimmt jedenfalls!«, sagte das Sams.
»Meinetwegen. Was du vorher behauptet hast, stimmt jedenfalls nicht. Dass sie sich bei Herrn Mon einschmeicheln will. Er findet sie mindestens genauso nett wie sie ihn.«
»Die olle Frau Rotkohl?!«
»Ja, offensichtlich«, bestätigte Herr Taschenbier. »So ist das nun mal. Der eine findet dicke Frauen schön, der andere mag magere; einer schätzt Frauen wie die Rotkohl, ein anderer Frauen …«
»… aus dem Fahrstuhl«, ergänzte das Sams.
Das hätte es besser nicht gesagt. Denn mit einem Mal fing

Herr Taschenbier wieder an zu seufzen, stützte das Kinn in die Hand und brütete vor sich hin.
Obwohl das Sams gleich ein neues Lied dichtete, auf den Händen durchs Zimmer lief, tausend Grimassen schnitt und mit dem Rüssel wackelte, war Herr Taschenbier für den Rest des Abends einfach nicht mehr zum Lachen zu bringen.

In der folgenden Woche wurde die Stimmung von Herrn Taschenbier auch nicht besser.
Dem Sams wurde das langsam zu viel.
»So geht es nicht weiter, Papa!«, beschwerte es sich. »Den ganzen Tag bist du von zu Hause weg, und ich muss mich langweilen. Und wenn du dann endlich mal hier bist, hängst du herum wie ein Trauermantel und stierst die Wand an wie … wie …«

»Wie ein Stier?«, schlug Herr Taschenbier vor und grinste dabei. Ab und zu ließ er sich doch noch vom Sams und seinen Witzeleien anstecken.
Das Sams grinste zurück und sagte: »Du stierst die Wand an wie ein Stier, das find ich gar nicht schön von dir. Du starrst die Wand an wie ein Star, das find ich reichlich sonderbar!«
»Es stimmt, du hast es wirklich nicht leicht mit mir«, sagte Herr Taschenbier. »Vor ein paar Wochen, als du noch blaue Punkte hattest, warst du wenigstens nicht den ganzen Tag allein. Da konnte ich mir wünschen, dass die Arbeit ausfällt. Aber jetzt ist es vorbei mit den Wünschen.« Er seufzte. »Endgültig vorbei.«
Das Sams sagte: »Bist du deshalb so ein Trauerkloß, weil du arbeiten musst?«
»Bin ich denn ein Trauerkloß?«, fragte Herr Taschenbier.
»Ja, bist du. Ein griesgrämlicher, sauertöpfischer Trauerkloß«, sagte das Sams. Es lauschte seinem Satz nach und stellte begeistert fest: »Das klingt wie ein Kochrezept, findest du nicht? Heute auf der Speisekarte: ein Trauerkloß im Sauertopf, leicht vergrämt niedergedrückt, gut verdrießlich in trübseliger Soße.«
Herr Taschenbier brachte ein Lächeln zustande. »Mahlzeit!«, sagte er. »Ich muss es ja zugeben: In letzter Zeit bin ich manchmal ein bisschen niedergedrückt.«
»Ich ahne schon, warum: Es hängt wahrscheinlich mit dieser Fahrstuhlfrau zusammen.«
»Ja, das stimmt«, gab Herr Taschenbier zu. »Wenn ich mich doch nur trauen würde, sie anzusprechen! Wenn ich sie nur kennenlernen würde, vielleicht sogar mit ihr einen

Spaziergang machen dürfte. Ich wäre bestimmt gigantisch glücklich.«

»Hmmm«, sagte das Sams. Es dachte wohl darüber nach, ob es lieber einen bekümmerten Papa behalten wollte, der ihm ganz allein gehörte, oder sich einen gigantisch glücklichen mit der Fahrstuhlfrau teilen solle.

»Na ja, dann geh halt meinetwegen mal mit ihr weg, wenn dich das zufriedener macht«, gestattete es schließlich großzügig. »Ihr müsst ja nicht gleich stundenlang umherspazieren. Vielleicht einmal ganz schnell ums Bürohaus herum, ja?«

»Das *ist* doch mein Problem«, sagte Herr Taschenbier. »Du kennst mich doch; ich bin einfach zu schüchtern. Nie würde ich es wagen, sie einzuladen. Wenn du doch wenigstens noch ein paar blaue Punkte hättest, nur zwei oder drei ...«

»Was würdest du denn damit wünschen?«

»Ich weiß es noch nicht genau. Vielleicht, dass ich mich traue, mit ihr zu reden, sie nach ihrem Namen zu fragen. Vielleicht, dass sie mich leiden mag. Wahrscheinlich würde ich sogar wünschen ...« Herr Taschenbier errötete heftig. »... sogar wünschen, dass sie sich richtig stark in mich verliebt, mich heiratet und wir zusammenziehen.«

»Zusammenziehen?«, rief das Sams. »Das fehlte gerade noch! Ich hab dir erlaubt, einmal mit ihr spazieren zu gehen. Zum Heiraten hab ich dir nicht geraten, und vom Zusammenziehen war keine Rede. Mir zieht sich höchstens der Magen zusammen, wenn du so was sagst.«

Herr Taschenbier hörte gar nicht richtig hin. Ihm kam eine Idee. Er zog das Sams zu sich herunter, auf die Sessellehne, legte ihm den Arm um die Schulter und fragte: »Sag mal, wie ist das eigentlich bei Samsen? Als du das erste Mal eine Woche lang bei mir warst, musstest du doch am Freitagabend wieder gehen …«

»Mhm«, machte das Sams und nickte.

»Und dann bist du wiedergekommen.«

»Mhm. Weil am Sonntag die Sonne schien, am Montag Herr Mon zu Besuch kam, weil am Dienstag Dienst war und am Mittwoch Mitte der Woche, weil es am Donnerstag gedonnert hat und …«

»Ja, ja, ich weiß«, unterbrach Herr Taschenbier ein bisschen ungeduldig. Ihm war etwas anderes wichtiger. »Und als du wiederkamst, hattest du neue blaue Wunschpunkte!«

»Mhm. Eine ganze Menge.«

Herr Taschenbier fragte zögernd weiter. »Mal angenommen, du würdest am nächsten Freitag gehen. Wenn ich dafür sorgte, dass wieder so eine Woche käme, mit Sonne am Sonntag, Herrn Mon am Montag, Dienst am Dienstag und so weiter, dann kämst du doch am Samstag wieder?«

»Mhm, mhm.«

»Mit neuen Wunschpunkten?«
»Mit neuen Wunschpunkten!«
»Dann lass uns das doch bitte so machen«, bat Herr Taschenbier.
»Was wie machen?«, fragte das Sams.
»Dass du am nächsten Freitag gehst. – Versteh mich bitte nicht falsch! Ich will dich nicht loswerden und werde dich sogar sehr vermissen. Ich möchte ja nur ein paar Wunschpunkte. Oder wenigstens einen einzigen.«
»Es geht aber nicht.«
»Es geht nicht? Warum?«, fragte Herr Taschenbier.
»Bevor ich mit neuen Punkten wiederkommen kann, muss ich erst mal weggehen. Ich kann aber nicht weggehen.«
»Du kannst nicht? Warum?!«
»Weil du doch gewünscht hast, dass das Sams immer bei dir bleibt. Jetzt muss ich immer hierbleiben und kann nicht einfach eine Woche lang verschwinden. So will es der Wunsch.«
»Stimmt!«, sagte Herr Taschenbier. »Dann habe ich also wieder mal ungenau gewünscht. Wie so oft, als du noch Punkte hattest. Da kannst du natürlich auch nichts mehr ändern. Vielleicht sollte ich meinen Freund Mon mal um Rat fragen.«
»Deinen Freund Mon? Was willst du denn mit dem?«
»Ein Gespräch unter vier Augen führen!«
»Augen?«, fragte das Sams. »Du wolltest bestimmt ›Ohren‹ sagen. Obwohl man ein Gespräch nicht *unter* die Ohren führt, sondern besser *in* die Ohren.«
»Ich meinte, wir wollen ein Gespräch zwischen Männern führen«, sagte Herr Taschenbier.

»Ohne mich?«, fragte das Sams.
»Mhm«, machte Herr Taschenbier.
Die Aussicht auf eine Unterhaltung mit seinem Freund schien ihn so aufzuheitern, dass er es jetzt dem Sams nachmachte und zu reimen begann:

»Ich freue mich schon
auf das Gespräch mit Herrn Mon.«

»Ziemlich holprig«, stellte das Sams fest und reimte auch:

»Ach wie freut sich Papa schon
aufs Gespräch mit dem Herrn Mon.
Ein Sams hat da leider gar nichts zu suchen
bei dieser Besprechung zwischen zwei Kuchen.«

»Zwischen zwei Kuchen?«, fragte Herr Taschenbier.
»Anders reimt es sich halt nicht«, sagte das Sams.
»Stell dir einfach vor, du wärst ein Streuselkuchen.«
»Streuselkuchen! Dann würdest du mich womöglich noch auffressen.«
»Nie, Papa. Ganz bestimmt nicht!« Das Sams fing an zu lachen.
Herr Taschenbier fragte: »Was gibt's da zu kichern?«
»Ich denk mir gerade aus, wie du nach Hause gerollt kommst und seufzt: ›Ach, ich hab mich ja so in eine Brezel verliebt! Wenn ich sie nicht bald kennenlerne, wird mir vor Kummer die Schlagsahne sauer.‹«
»Wenn du nur über alles deine Witze machen kannst!«, sagte Herr Taschenbier, halb ärgerlich, halb belustigt. »Außerdem wäre sie keine Brezel, sondern mindestens ein Honigkuchen mit Schokoladenguss.«

4. Kapitel
Der Zauberspruch

In der vergangenen Woche war Herr Mon fast jeden zweiten Tag zu Besuch gekommen. Ausgerechnet jetzt, wo Herr Taschenbier so gerne mit ihm gesprochen hätte, ließ er sich nicht blicken.

Schließlich wurde Herr Taschenbier so ungeduldig, dass er noch am späten Abend hinüber zu Frau Rotkohl ging, anklopfte, die Wohnzimmertür zaghaft öffnete und sagte: »Entschuldigung, Frau Rotkohl, ich will Sie gar nicht stören. Aber wissen Sie vielleicht, wann Herr Mon wieder mal kommt?«

Frau Rotkohl, die gerade am Tisch gesessen und in »Brahms Tierleben« geblättert hatte, schaute ihn überrascht an.

»Wissen Sie das nicht? Hat es Ihnen Ihr Freund nicht mitgeteilt?«, fragte sie. »Morgen besucht er uns jedenfalls nicht, übermorgen wahrscheinlich auch nicht und überübermorgen sogar ganz bestimmt nicht. Morgen oder übermorgen bekommt seine Katze Junge, und am Tag danach hat er einen Termin beim Zahnarzt.«

»Der Ärmste. Hat er Zahnschmerzen?«, fragte Herr Taschenbier.

»Nein, sein Hamster Andi hat sich einen Zahn abgebrochen. Ausgerechnet den Haupt-Nagezahn. Und Sie wissen ja, wie tierlieb Anton ist. Ich meine: Herr Mon.«

Etwas verschämt gestand sie: »Wir duzen uns nämlich neuerdings, Anton und ich.«
»Sagen Sie Anton bitte, dass ich gerne mal mit ihm sprechen würde!«
»Ich werde es ausrichten.«
»Danke und angenehme Ruhe!«, sagte Herr Taschenbier, kehrte in sein Zimmer zurück, saß eine Weile grübelnd im Sessel, gab auf Fragen des Sams nur einsilbige Antworten und ging früh schlafen.
In dieser Nacht wurde das Sams plötzlich wach, setzte sich in seinem Bett auf und lauschte. Irgendetwas war anders als sonst.
»Papa?«, flüsterte es.
Von drüben, aus Herrn Taschenbiers Bett, kam keine Antwort.
»Papa?« Diesmal rief das Sams schon ein bisschen lauter. Das hätte Herrn Taschenbier eigentlich aufwecken müssen. Aber alles blieb still, nicht einmal die Bettdecke raschelte. Das Sams tastete sich zum Schalter und knipste das Licht

an. Herrn Taschenbiers Bett war leer. Er musste aus dem Zimmer geschlichen sein, als das Sams schlief.
»Papa!«, rief es noch einmal. Obwohl das für nächtliche Verhältnisse unerhört laut gewesen war, bekam das Sams keine Antwort. Es machte sich auf die Suche, tapste durch den stillen, dunklen Flur hinüber zur Küche. Durch den Türspalt schimmerte ein schwacher Lichtschein. Langsam und leise öffnete es die Küchentür.
Herr Taschenbier saß reglos am Küchentisch, den Kopf auf die Handflächen gestützt, und guckte trübsinnig in das trübe Licht der kleinen Wandleuchte über dem Gasherd.
»*Da* bist du, Papa!«, sagte das Sams, zog sich den zweiten Stuhl heran und setzte sich neben Herrn Taschenbier. »Was machst du denn hier?«
Ehe Herr Taschenbier antworten konnte, ging die Küchentür noch einmal auf und Frau Rotkohl kam im Morgenrock herein.
»Ach, Sie sind's nur, Herr Taschenbier, Sie und Ihr Sams«, sagte sie erleichtert. »Ich hab was gehört und wollte nach dem Rechten sehen.«
»Willst du nach dem Rechten sehen, musst du in die Küche gehen«, reimte das Sams drauflos. »Guckst du aber nach dem Linken, musst du aus der Küche hinken.«
Frau Rotkohl ging nicht darauf ein. Sie sagte zu Herrn Taschenbier: »Vergessen Sie nicht, das Licht auszuknipsen, wenn Sie ins Bett gehen, und machen Sie bitte keinen Lärm.«
»Ja, ja, schon gut«, murmelte Herr Taschenbier. »Gute Nacht, Frau Rotkohl.«
»Gute Nacht«, sagte sie streng und ging in ihr Schlafzimmer zurück.

Das Sams wartete, bis sie ihre Tür geschlossen hatte, und fragte dann noch einmal: »Was machst du hier, Papa? Kannst du nicht schlafen?«
Herr Taschenbier schüttelte den Kopf.
»Denkst du nach?«, fragte das Sams weiter.
Herr Taschenbier nickte, fast unmerklich. »Es ist zum Verzweifeln«, sagte er. »Ich weiß, wie dumm ich mich anstelle, wie kindisch, und kann es doch nicht ändern …«
»Du sprichst mal wieder von der Fahrstuhlfrau, ich verstehe«, sagte das Sams, stützte auch den Kopf auf die Hände, starrte vor sich hin und sah nun aus wie eine kleine borstenhaarige, rüsselnasige Ausgabe von Herrn Taschenbier. Eine Weile saßen sie so nebeneinander, bis es das Sams schließlich nach einem besonders tiefen Seufzer von Herrn Taschenbier nicht mehr aushielt.
Es stupste seinen Papa sanft von der Seite an und flüsterte: »Vielleicht gibt es ja doch eine Möglichkeit …«
»Ich weiß schon, was du meinst. Wenn ich meine Schüch-

ternheit überwinde und einfach sage: ›Hallo, wie geht's uns denn heute? Na, macht die Arbeit immer noch Spaß? Ist das nicht wieder mal ein Wetterchen draußen!‹ Oder etwas Ähnliches, was andere Männer eben im Aufzug meistens sagen. Aber ich komme mir so albern vor dabei, ich bringe es einfach nicht fertig.«

»Nein, das meine ich doch gar nicht«, sagte das Sams, beugte sich zu Herrn Taschenbier hinüber und flüsterte ihm ins Ohr: »Eigentlich darf ich's ja nicht verraten. Aber weil du doch mein Papa bist und so sehr traurig …«

»Was darfst du nicht verraten?«, fragte Herr Taschenbier.

»Es gibt eine Möglichkeit, wie man …« Das Sams schaute sich wachsam nach allen Seiten um, ob auch wirklich keiner lauschte außer Herrn Taschenbier, und flüsterte noch leiser: »… wie man wieder zu Wunschpunkten kommen kann!«

Herr Taschenbier fuhr hoch wie ein schlafender Hund, dem man aus Versehen auf die Pfote getreten hat.

»Wunschpunkte?!«, rief er.
»Pssssst!«, machte das Sams erschrocken und zog ihn wieder auf seinen Platz zurück. »Nicht so laut! Du darfst mit niemandem darüber reden. Auch nicht mit deinem Freund Mon.«
»Bitte, mach jetzt keine Späße mit mir, bitte!«, bat Herr Taschenbier. »Sag mir ganz ehrlich: Weißt du wirklich, wie du neue Wunschpunkte bekommen kannst?«
Das Sams nickte. »Es ist aber sehr, sehr schwierig, Papa!«, flüsterte es. »Man muss dazu ein bisschen Mut haben – auch du.«
»Wenn nur ein *bisschen* dazugehört, schaffe ich's ja vielleicht«, flüsterte Herr Taschenbier zurück.
»… und schwindelfrei muss man auch sein!«
»Schwindelfrei? Das bin ich leider ganz und gar nicht. Mir wird schon schwindlig, wenn ich auf dem Bordsteinrand balanciere. Aber vielleicht kann ich es ja lernen, wenn ich fleißig genug übe.«
»Wir müssen aufs Hausdach steigen!«
»Auf das Dach? Richtig hoch? Ganz nach oben?!«, fragte Herr Taschenbier erschrocken.
»Bis zum Dachfirst.«
»Um Himmels willen!«
»Und das mitten in der Nacht.«
»Aber da sieht man ja gar nichts!«
»Doch, Papa. Mondschein gehört nämlich auch dazu.«
»Mondschein? Jetzt erzähle doch endlich! Wie geht das mit den neuen Punkten? Was muss man tun? Muss ich auch was machen oder nur du allein?«
»Ich sage dir den Spruch, dann erfährst du alles. Hoffentlich weiß ich ihn noch.« Das Sams dachte kurz nach, nickte,

kam mit seinem Mund noch näher an Herrn Taschenbiers Ohr und flüsterte:

»Wenn der Freitag dem Samstag weicht,
ist die richtige Punktzeit erreicht.
Drum sei um Mitternacht noch wach,
steig hoch hinauf und reite das Dach.
Erglänzt der Mond voll wie ein Kreis,
erklinge das Wort, das sonst keiner weiß!
Das Wort ist der Tag, an welchem das Wesen
zum ersten Mal kam. Aber rückwärts gelesen.

Ja, genau so ist es, so stimmt's. Ich hab's also doch nicht vergessen. Schön! Hast du alles verstanden, Papa?«

»Nicht sehr viel, ehrlich gesagt«, antwortete Herr Taschenbier. »Aber vielleicht kannst du mir ja alles erklären, was ich nicht begriffen habe. Da ist zum Beispiel der erste Satz vom Freitag, der dem Samstag weicht ...«

»Pssst! Nicht so laut!«, flüsterte das Sams. »Das ist doch klar: Wenn der Freitag geht und der Samstag kommt; also um Mitternacht.«

»Dann hast du gesagt: ›ist die richtige Punktzeit erreicht‹. Du hast sicher ›der richtige Zeitpunkt‹ gemeint!«

»Nein, nein. Die Punktzeit ist der Zeitpunkt, wo man blaue Punkte kriegen kann!«

»Ich verstehe«, flüsterte Herr Taschenbier. »Dann kam etwas mit ›Pferden‹ oder ›reiten‹. Was bedeutet denn das?«

Das Sams kicherte. »Nicht Pferde reiten, Papa, sondern das *Dach*! Dazu sitzt man ganz oben auf dem Dachrücken und lässt die Beine links und rechts hinunterhängen.«

»So ist das! Dann kommt das mit dem Mond wie ein Kreis. Damit ist bestimmt der Vollmond gemeint!«

»Stimmt, Papa. Dann weißt du ja jetzt alles.«
»Keine Spur! Das Wichtigste habe ich überhaupt nicht begriffen. Wie war das mit dem Wort, das erklingen muss?«
Das Sams wiederholte noch einmal die beiden letzten Zeilen des Zauberspruchs:

»Das Wort ist der Tag, an welchem das Wesen
zum ersten Mal kam. Aber rückwärts gelesen.«

»Was für ein Wesen denn?« Herr Taschenbier war ratlos.
Das Sams lachte. »Na, *ich*! Das Wesen bin doch ich.«
»Du?« Er überlegte. »Der Tag, an dem du zum ersten Mal zu mir kamst, ist natürlich der Samstag. Und ›Samstag‹ rückwärts gelesen heißt … warte … heißt: ›Gatsmas‹!«
»So ist es. ›Gatsmas‹ ist das Wort. Merk es dir gut, falls ich's vergesse!«, flüsterte das Sams. »Jetzt weißt du, wie man zu Wunschpunkten kommt.«
»Weiß ich das wirklich?«, fragte Herr Taschenbier. »Ich will es lieber noch einmal mit meinen Worten sagen. Dann kannst du prüfen, ob ich auch wirklich alles verstanden habe. Wir müssen also an einem Freitag bei Vollmond genau um Mitternacht auf das Hausdach klettern, und Punkt zwölf sprichst du da oben das Wort ›Gatsmas‹ aus. Was geschieht dann?«
»Dann habe ich wieder blaue Punkte zum Wünschen!«
»Wie schön«, sagte Herr Taschenbier. »Aber eines verstehe ich immer noch nicht: Warum muss ich auch mit aufs Dach klettern? Kannst du dir nicht alleine die Wunschpunkte holen?«
Das Sams schüttelte den Kopf. »Leider nicht«, sagte es. »Es müssen immer zwei sein. Einer, der die Wunschpunkte be-

kommt, und einer, der damit wünschen darf. Anders geht es nicht.«

»Gut, dann lass uns gleich am nächsten Freitag da hochklettern«, flüsterte Herr Taschenbier.

»Warum am *nächsten* Freitag?«, fragte das Sams »Du hast es doch gerade selbst wiederholt: Es muss eine Mitternacht mit *Vollmond* sein. Am nächsten Freitag ist höchstens Dreiviertelmond.«

»Oh, das ist ja viel schwieriger, als ich erst dachte«, flüsterte Herr Taschenbier. »Hoffentlich scheint er bald wieder, der Vollmond!«

»Das tut er schon nächste Woche.«

»Nächste Woche schon? Wie fein!«

»Aber leider am Dienstag oder Mittwoch!«

»Das ist ja gemein von ihm!« Herr Taschenbier war empört. Ganz so, als habe der Mond in seiner Bosheit absichtlich beschlossen, schon in der Wochenmitte rund zu sein, nur um Herrn Taschenbier zu ärgern.

»Und wann kommt der nächste Vollmond?«

»Na, dreißig Tage später. Weißt du das nicht?«

»Dreißig Tage!«, stöhnte Herr Taschenbier. »Ist dann wenigstens Freitag?«

»Das weiß ich auch nicht«, sagte das Sams. »Wir müssen eben warten.«

»Nein, nein, nein!« Herr Taschenbier sprang auf. »Ich weiß, wie wir es herauskriegen können. Es steht in meinem Taschenkalender. Komm mit ins Zimmer, wir gucken gleich nach!«

Gemeinsam rannten sie über den Flur, hinüber in Herrn Taschenbiers Zimmer.

Frau Rotkohl riss die Tür ihres Schlafzimmers auf und rief: »Kann man in dieser Wohnung nicht mal *eine* Nacht ruhig schlafen, ohne dass der Herr Untermieter wie ein Elefant über den Flur trampelt? Und das um vier Uhr morgens!«
Das war gleich eine doppelte Übertreibung, ja geradezu Verleumdung. Denn erstens war Herr Taschenbier noch niemals vorher nachts über den Flur getrampelt, und zweitens war es noch gar nicht vier Uhr, sondern erst drei Uhr zweiundfünfzig.
Aber weder Herr Taschenbier noch das Sams protestierten gegen diese falschen Beschuldigungen. Sie hatten sie nämlich gar nicht gehört, so schnell waren sie in Herrn Taschenbiers Zimmer gestürzt und hatten die Tür hinter sich geschlossen. Herr Taschenbier blätterte auch schon in seinem Kalender und wendete hastig die Seiten um, bis er endlich fand, was er suchte.

»Hier, sieh mal, da steht es! Hier ist ein kleiner weißer, runder Mond eingezeichnet. Es ist tatsächlich ein Freitag. Vollmond am Freitag, dem 3. August. Was haben wir doch für ein Glück! Es hätte ja auch erst im September oder Oktober sein können.«

»Es gibt sogar Jahre ohne einen einzigen Vollmond-Freitag«, wusste das Sams. »Du hast wirklich Riesenglück, Papa!«

»Einmal *muss* man ja auch Glück haben!«, sagte Herr Taschenbier zufrieden.

Er legte sich ins Bett, drehte sich auf die Seite, gähnte herzhaft und murmelte. »So, jetzt lass uns aber schnell weiterschlafen!«

»Es ist nicht das erste Mal, dass du großes Glück hast!«, sagte das Sams, bevor es sich nun auch ins Bett legte und unter die Decke schlüpfte.

»Nicht das erste Mal?«, fragte Herr Taschenbier. »Hab ich denn schon mal so großes Glück gehabt?«

»Noch viel größeres«, antwortete das Sams, gähnte und zog die Bettdecke über sich.

»Wirklich? Wann soll das denn gewesen sein?«, fragte Herr Taschenbier.

»Als ich zu dir gekommen bin und bei dir geblieben bin«, sagte das Sams.

»Ja, das stimmt«, gab Herr Taschenbier zu, schon halb im Schlaf.

Keine Minute später waren beide eingeschlafen.

5. Kapitel
Herr Mon macht Vorschläge

Schon am nächsten Tag begann sich Herr Taschenbier gewissenhaft auf die nächtliche Dachbesteigung vorzubereiten. Besser gesagt, das Sams bereitete ihn vor und übte mit ihm. Kaum war Herr Taschenbier von der Arbeit zurückgekehrt, müde in seinen Sessel gesunken und hatte ein wenig verschnauft, rief das Sams schon: »Aufstehen, Papa, und schwindelfrei üben!«

Das war zwar nicht sehr genau ausgedrückt, denn eigentlich sollte er ja nicht schwindelfrei üben, sondern üben, schwindelfrei zu werden. Aber Herr Taschenbier verstand, was das Sams sagen wollte, erhob sich brav und begann sofort mit der ersten Übung.

Die machte sogar Spaß, denn er schaffte sie ohne Mühe. Sie bestand darin, dass er sich auf seinen Stuhl stellte und nach unten zum Fußboden guckte.

Übung Nummer zwei machte ihm schon größere Schwierigkeiten. Denn dabei musste er vom Stuhl aus den Schreibtisch erklimmen, aufrecht auf der Tischplatte stehen und nicht schwanken.

Das Ersteigen des Schreibtischs schaffte er zwar recht gut, auch das aufrechte Stehen klappte leidlich. Aber er konnte keine zwei Minuten da oben stehen und nach unten blicken, ohne dass er gleich heftig zu schwanken anfing. Herr Ta-

schenbier hatte beim nächtlichen Gespräch in der Küche keineswegs übertrieben. Ihm wurde schon schwindlig, wenn er im ersten Stock eines Hauses in die Nähe eines Fensters kam. Deshalb erfand das Sams am nächsten Abend eine dritte Übung. Da musste Herr Taschenbier auf dem Schreibtisch stehen, auf den Boden gucken und sich vorstellen, er stünde hoch oben, mindestens acht Meter über der Straße, und würde auf die Dächer der Autos blicken, die weit unter ihm am Straßenrand geparkt waren.

Damit Herr Taschenbier sich das besser vorstellen konnte, hatte das Sams ein paar Spielzeugautos vom Spielplatz mitgebracht und sie neben dem Schreibtisch auf den Boden gestellt.

»Wo hast du denn die Autos her?«, fragte Herr Taschenbier, während er schwankend auf dem Tisch stand und die ausgestreckte Hand des Sams umklammerte, um nicht in die Tiefe zu stürzen.

»Ich hab ein bisschen getauscht«, sagte das Sams. »Autos her, bitte sehr! Kuchen weg, ach du Schreck!«
»Kuchen?«, fragte Herr Taschenbier. »Woher hattest du denn einen Kuchen?«
»Gefunden.«
»Gefunden? Doch nicht am Ende in Frau Rotkohls Küche?!«
»Nein, nein, nicht in der Küche«, sagte das Sams.
Herr Taschenbier war erleichtert. Er blieb es allerdings nicht lange, denn das Sams setzte hinzu: »Er stand auf der Terrasse zum Abkühlen.«
Herr Taschenbier vergaß völlig seine Höhenangst. »Du kannst doch nicht einfach bei Frau Rotkohl einen Kuchen klauen. Bestimmt war der für Herrn Mon bestimmt! Wenn Frau Rotkohl das herauskriegt!«, sagte er. »Wie kannst du nur so was machen! Was hast du dir dabei gedacht?«
»Ich hab mir gedacht: Das Wichtigste ist jetzt, dass mein Papa schwindelfrei wird.

Eins, zwei, drei,
schwindelfrei!
Schnell aufs Dach,
ohne Krach!
Neue Punkte, tintenblau,
und Papa wünscht der Rotkohl-Frau:
hundert Kuchen, bitte sehr!
Meinetwegen auch noch mehr.
Zehn am Tag,
wenn er mag!

Und als Entschuldigung einen Pfefferkuchen extra.«
»Hm. Wenn man das so betrachtet, hast du natürlich nicht ganz unrecht«, gab Herr Taschenbier zu. »Trotzdem

muss ich dir sagen, dass du nicht einfach Herrn Mons Kuchen …«

Es klopfte. Herr Taschenbier unterbrach seine Belehrungen und rief: »Herein!« Etwas vorschnell, denn schon kam Herr Mon ins Zimmer. Fast so, als habe er geahnt, dass von ihm gerade die Rede war.

»Hallo, Taschenbier! Ist das eine Überraschung? Ja, und was für eine. Du stehst auf deinem Schreibtisch. Hätte ich das von dir erwartet? Nie und nimmer«, rief Herr Mon. »Und das Sams, ist es auch da? Hier sitzt es ja und spielt mit Autos.«

»Hallo, Mon. Guten Abend«, antwortete Herr Taschenbier. Etwas verlegen kletterte er auf den Stuhl zurück und von da auf den Boden. »Schön, dass du mal bei mir reinschaust. Weißt du, ich stand da oben, weil …«

Er stockte, denn das Sams hatte ihm einen warnenden Blick zugeworfen.

»… weil ich doch … also … weil …«, stammelte er. Dann fiel ihm endlich eine Ausrede ein. »Weil ich doch eine Glühbirne in die Lampe schrauben wollte. Die Birne war durchgebrannt.«

»Ich verstehe.« Herr Mon wischte die Sitzfläche von Herrn Taschenbiers Schreibtischstuhl mit dem Taschentuch ab und ließ sich aufatmend nieder. »Annemarie hat mir ausgerichtet, ich solle mich mal wieder bei dir blicken lassen. Und schon bin ich da!«

»Annemarie? Ach so, Frau Rotkohl. Ihr nennt euch ja neuerdings beim Vornamen.«

»Ja, das tun wir«, bestätigte Herr Mon. »Und genau das sollten wir beide endlich auch tun. Ja, wirklich.«

»Du hast recht, Mon … äh: Anton«, sagte Herr Taschenbier. »Seit unserer Schulzeit bist du für mich ›der Mon‹ gewesen und ich für dich ›der Taschenbier‹. Höchste Zeit, dass wir das ändern.«

»Weiß ich überhaupt deinen Vornamen, Taschenbier? Nein, ich hab ihn vergessen!«

»Meiner ist ›Sams‹«, brachte sich das Sams in Erinnerung.

Herr Mon überhörte es absichtlich. Er trug ihm immer noch nach, dass es seinem Papagei eine Schwanzfeder hatte ausreißen wollen.

»Mein Vorname ist Bruno«, sagte Herr Taschenbier. »Bruno Klaus Josef, genau genommen. Aber Bruno ist der Rufname.«

»Habe ich mich in letzter Zeit wenig um dich gekümmert, lieber Bruno? Ja, das habe ich«, bekannte Herr Mon. »Annemarie war mir so wichtig, dass du zu kurz gekommen bist. Soll sich das jetzt ändern? Ja, das soll es sich.«

»Das ist gar nicht nötig, Anton. Ich kann dich sehr gut verstehen, glaub es mir. Ich bin nämlich auch … ich habe mich … wie soll ich das nur ausdrücken?«

»Willst du etwa andeuten, dass du verliebt bist?!«

Herr Taschenbier nickte errötend.

»Ausgerechnet du?«, rief Herr Mon. »Kann man das glauben?«

»Nein, kann man nicht!«, ergänzte das Sams.

Herr Taschenbier fragte gekränkt: »Was soll daran so unglaublich sein?«

»Du hast ja recht. Ja, das hast du. Schließlich bin ich genauso alt wie du und auch noch Junggeselle«, sagte Herr Mon. »Darf man fragen, in wen du dich derart verguckt hast?«

»Ja, das darfst du«, antwortete das Sams an Herrn Taschenbiers Stelle. »In einen Honigkuchen mit Schokoladenguss.«

»Wäre es nicht besser, dieses Sams würde uns allein lassen? Doch, das wäre besser. Dann könnten wir uns unterhalten ohne alberne Bemerkungen«, schlug Herr Mon vor.

»Ich verstehe, ich verstehe«, sagte das Sams und ging zur Tür.

»Ein Sams hat natürlich gar nichts zu suchen
bei dieser Besprechung zwischen zwei Kuchen.«

»Was faselt es nur immer von Kuchen?«, fragte Herr Mon. »Dabei fällt mir ein: Annemarie hat heute Morgen einen Mohnkuchen auf die Terrasse gestellt. Und als sie ihn hereinholen wollte, …«

»Ich geh schon mal, ja?«, sagte das Sams und schlüpfte aus der Tür, bevor Herr Mon ihm Fragen stellen konnte.

So wandte sich Herr Mon wieder seinem Freund zu. »Nun erzähl doch mal, Bruno!«, sagte er. »Wie heißt sie? Wie ist sie? Kenne ich sie auch?«

»Ich kann dir nur die letzte Frage beantworten: Du kennst sie nicht«, sagte Herr Taschenbier. »Ich weiß, dass sie mir sehr gut gefällt. Das ist alles. Ich weiß nicht, wie sie heißt. Ich weiß nicht einmal, wie sie ist …«

»Ist das merkwürdig? Ja, und wie!«, sagte Herr Mon. »Und du willst das alles auch nicht wissen?«

»Doch. Nur zu gerne. Aber ich weiß nicht, wie ich sie kennenlernen könnte«, sagte Herr Taschenbier und erzählte die ganze Geschichte von der Frau aus dem Aufzug, die er fast täglich sah und doch nicht kannte.

»Ist das zu fassen? Nein, ist es nicht«, sagte Herr Mon.

»Morgen wirst du ein Gespräch mit ihr anfangen. Ja, das wirst du!«

»Wie denn? Was soll ich denn sagen? Ich kann sie doch nicht einfach ansprechen!«

Herr Mon überlegte. »Und wenn sie *dich* ansprechen würde? Wäre das erfreulich? Ja, das wäre vortrefflich.«

»Sie mich? Wieso sollte sie mich ansprechen?«

»Tiere!«, sagte Herr Mon. »Tiere wirken immer; das kannst du mir glauben. Ich werde dir vier Kätzchen leihen. Wenn du mit einem Karton voller Katzen in den Fahrstuhl kommst, sagt sie bestimmt: ›Ach, wie niedlich, diese kleinen Kätzchen! Darf ich sie mal streicheln?‹ Dann musst du natürlich darauf antworten. Ja, das müsstest du.«

»Das klingt nicht schlecht«, sagte Herr Taschenbier zögernd. »Aber was mache ich mit den Katzen im Büro? Was sagt mein Chef, Herr Oberstein, dazu? Nein, das geht nicht.«

»Hm«, Herr Mon überlegte weiter. »Ein Vogel, das ist es! Schenk ihr einen Sittich oder einen Zeisig.«
»Was sollte sie mit einem Vogel in ihrem Büro? Pfeifen Vögel nicht sogar? Das stört doch. Und wie soll ich ihr den Zeisig schenken, wenn ich es nicht wage, sie anzureden!«
»Bist du leicht zu überzeugen? Nein, das bist du nicht!«, sagte Herr Mon. »Ich möchte wissen, warum du deinen Freund Anton überhaupt um Rat fragst. Ja, das möchte ich.«
»Sei nicht beleidigt«, sagte Herr Taschenbier. »Deine Ratschläge sind wirklich sehr, sehr brauchbar, nur nicht für mich. Aber ich habe schon eine Lösung in Aussicht. Ich muss nur noch ein paar Wochen warten, bis Anfang August …«
»Eine Lösung? Meinst du vielleicht einen Papagei? Natürlich, weshalb ist mir das nicht gleich eingefallen?«, rief Herr Mon. »Ist ein Papagei die beste Lösung? Ja, das ist er. Weil ja *er* ein Gespräch anfangen kann.«
»Nein, nein, es hängt mit dem Sams und dem Wünschen zusammen.«
»Wünschen? Funktioniert denn deine Wunschmaschine wieder?«
»Nein. Ich kann leider darüber nicht mit dir sprechen; das Sams hat es streng verboten«, sagte Herr Taschenbier. »Es ist alles noch sehr geheim. Aber wenn es so weit ist, bist du der Erste, dem ich alles erzähle.«
»Der Erste? Das ist freundlich, ja das ist es.« Herr Mon erhob sich. »Mit Annemarie kann ich übrigens über alles sprechen. Ja, das kann ich. Und genau das sollte ich jetzt tun. Mich mit Annemarie unterhalten. Gute Nacht, Bruno.«

»Gute Nacht, Anton. Aber verrate Annemarie, ich meine: Frau Rotkohl noch nichts von meinen Plänen«, sagte Herr Taschenbier.
»Kann ich ihr deine Pläne verraten, wenn du mir nichts davon erzählen willst? Nein, kann ich nicht.«
»Du hast recht. Ich bin nur ein bisschen besorgt, dass sie das Sams und mich vielleicht nicht auf ihr Hausdach steigen lässt, und …«
Erschrocken hörte er auf zu reden. Beinahe hätte er selbst alles ausgeplaudert.
Aber Herr Mon hörte gar nicht mehr zu, er war längst aus dem Zimmer geeilt und unterwegs zu Frau Annemarie Rotkohl.

6. Kapitel
Herr Taschenbier übt schwindelfrei

In den folgenden Tagen übte Herr Taschenbier so fleißig und machte so große Fortschritte, dass das Sams am Wochenende beschloss, nun zur vierten Übung überzugehen.
»Jetzt kannst du, ohne zu schwanken, auf dem Schreibtisch stehen«, sagte es. »Es wird Zeit, dass du nun auf was richtig Hohes kletterst. Lass uns spazieren gehen und was suchen, Papa!«
»Ich glaube, etwas richtig Hohes schaffe ich noch nicht«, sagte Herr Taschenbier. »Und dazu noch draußen, wo mir andere Leute zusehen könnten …«
»Du *musst* üben, Papa! Oder willst du nicht mehr, dass ich neue Punkte bekomme?«
»Doch, doch, natürlich!«, versicherte Herr Taschenbier.
»Dann musst du am 3. August mit aufs Dach steigen. Ganz hinauf. Bei Mondlicht. Wie willst du das schaffen, wenn du es nicht mal bei Tageslicht probiert hast! Am Ende stürzt du noch ab. Und was ist dann? Ich habe nirgendwo blaue Punkte, und du hast überall blaue Flecken. Und der nächste Vollmond-Freitag kommt womöglich erst in einem Jahr.«
»Du hast ja recht«, sagte Herr Taschenbier. »Lass uns gleich losgehen, etwas Hohes suchen und hinaufklettern.«
Es blieb aber vorerst bei diesem Vorsatz. Denn was das

Sams auch vorschlug, Herr Taschenbier fand immer neue Ausflüchte.
Das Brückengeländer war ihm zu schmal, der Müllcontainer zu schmutzig. Auf die Würstchenbude wollte er nicht klettern, weil der Würstchenverkäufer vielleicht etwas dagegen haben könnte. Er lehnte es auch ab, auf ein Garagendach zu steigen, und sagte: »Nein, das darf man nicht. Das ist Privatgelände.«
Das Sams wurde immer ungeduldiger.
Nachdem sich Herr Taschenbier auch noch geweigert hatte, auf das Wartehäuschen an einer Omnibushaltestelle zu steigen, verlor es die Geduld und sagte: »Ich seh schon: Du hast überhaupt keine Lust. Ich sause nach Hause ohne Pause!«
»Warte!« Herr Taschenbier schaute sich nach allen Seiten um und sagte: »Ich glaube, ich habe was gefunden!«
Die Straße war gerade leer, kein Mensch zu sehen. Vor ihnen, auf dem Gehsteig, stand eine Litfaßsäule. Herr Taschenbier deutete darauf: »Da werde ich jetzt hinaufklettern, damit du endlich zufrieden bist. Ich komme mir allerdings sehr albern vor dabei, entsetzlich albern. Muss es wirklich sein?«
»Ja, es muss! Mach schon Schluss mit dem Warten, lass uns starten!«, reimte das Sams.
»Dann aber schnell!«, sagte Herr Taschenbier. »Hoffentlich schaut niemand zu.«
Das Sams ging um die Anschlagsäule herum, guckte mit weit zurückgelegtem Kopf nach oben und sagte: »Die ist aber mindestens drei Meter hoch. Wie willst du da raufkommen?«

»Wenn du dich mit dem Rücken anlehnst und die Hände vor dem Bauch verschränkst, kann ich erst auf deine Hände, dann auf deine Schultern und von dort weiterklettern«, erklärte ihm Herr Taschenbier. »Das haben wir als Kinder oft gemacht.«
»Lass es uns versuchen!«, sagte das Sams und lehnte sich an die Anschlagsäule, wie es Herr Taschenbier vorgeschlagen hatte.

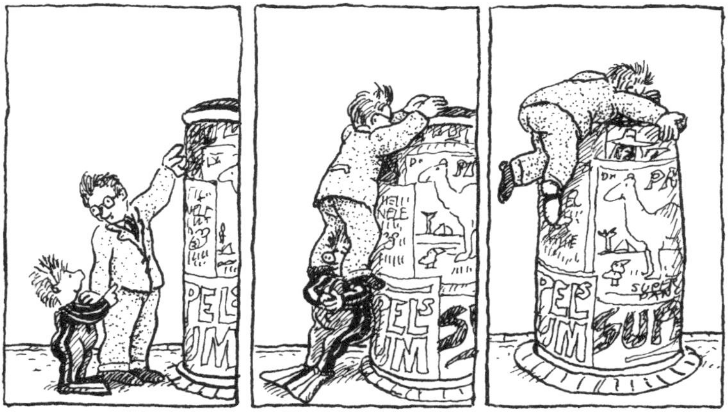

Vorsichtig kletterte Herr Taschenbier am schwankenden Sams hoch, hielt sich am Ende der Litfaßsäule fest und zog sich mit einem Ruck hinauf, dass sein Oberkörper waagerecht auf dem flachen Dach lag und die Beine nach unten ins Leere hingen.
»Jetzt steig ganz rauf, stell dich oben hin und guck nach unten!«, befahl das Sams.
Aber sosehr sich Herr Taschenbier auch abmühte und mit

den Beinen wackelte, er kam keinen Zentimeter weiter und hing da oben wie ein nasser Waschlappen.
»Schieb mich rauf! Schieb an meinen Füßen!«, rief er.
Das ging nicht, denn Herrn Taschenbiers Füße zappelten schon so hoch oben, dass das Sams sie nicht erreichen konnte.
»Tu doch was!«, schrie Herr Taschenbier. »Gleich fall ich runter!«
»Halt aus, Papa! Sofort!«, rief das Sams, rannte zum nächsten Haus und drückte sämtliche Klingelknöpfe. »Alle raus aus dem Haus!«, schrie es dabei. »Helft meinem Papa! Bringt Stühle mit und eine Leiter, Hocker, Tische und so weiter! Er stürzt sonst ab!«
Das Sams rannte zurück zur Anschlagsäule. »Jetzt schieben wir dich hoch, Papa«, rief es. »Freu dich, gleich kommen viele Leute.«
Herr Taschenbier freute sich überhaupt nicht. »Viele Leute?«, rief er. »Muss das sein? Was denken die denn, wenn die mich hier hängen sehen!«
Er erfuhr sehr schnell, was die vielen Leute von ihm dachten. Irgendwo unter ihm redeten sie. »Was ist denn das für ein Spinner?«, fragte ein Mann.
»Wir sollten die Polizei holen!« Das war eine Frauenstimme.
Ein Kind fragte: »Mami, warum hängt denn der Mann da oben?«
Und die Frauenstimme antwortete: »Der ist betrunken, weißt du.«
Endlich hörte Herr Taschenbier auch die laute Stimme des Sams. »Redet nicht so viel! Helft meinem Papa hinauf!«, sagte es. »Lasst ihn nicht hängen.«

»Hinauf? Das fehlte gerade noch! Wir helfen ihm höchstens herunter«, sagte ein Mann. »Was soll er denn oben?«
»Üben!«, antwortete das Sams. »Los, schiebt doch!«
Eine strenge Stimme befahl plötzlich: »Zurücktreten! Gehen Sie beiseite! Lassen Sie mich durch! Geben Sie mal den Stuhl da her!«
Herr Taschenbier fühlte, wie ihn jemand an den Füßen packte und heftig daran zog. Ängstlich klammerte er sich am Dach fest. Zu spät, denn schon rutschte er ab, wurde von jemandem weich aufgefangen und unten auf die Füße gestellt.
Er öffnete die Augen, die er während des Sturzes ängstlich zugekniffen hatte: Vor ihm stand ein Polizist.
Herr Taschenbier machte die Augen gleich wieder zu.
Der Polizist fasste ihn beim Arm und sagte: »So, und nun gehen wir schön zusammen zur Polizeiwache!«
»Ja, da gehen wir schön hin!« Das Sams hatte das »wir« auf sich bezogen und freute sich. Es hängte sich am anderen Arm des Polizisten ein und hopste neben ihm und Herrn Taschenbier her zum Polizeirevier.
Dort saß hinter einem großen Schreibtisch ein zweiter Polizist, schaute erstaunt auf, als sein Kollege mit Herrn Taschenbier und dem Sams hereinkam, und fragte ihn: »Soll ich dir helfen? Sind die beiden festgenommen?«
»Das muss erst geklärt werden«, sagte der erste Polizist. Er ging zu seinem Kollegen, beugte sich zu ihm hinunter und flüsterte: »Erinnerst du dich an den dicken Herrn Lürcher, der vor ein paar Wochen ständig hier aufkreuzte und zwei Typen anzeigen wollte, die aber nie aufzufinden waren?«

»Ja, ja. Einer hatte doch angeblich einen Taucheranzug an«, flüsterte der andere zurück.
»Genau!«, flüsterte der Erste. »Jetzt guck dir mal den Kleinen mit den roten Haaren an!«
»Im Taucheranzug! Den gibt es ja wirklich! Ich gehe sofort und hole Lürcher, zur Gegenüberstellung. Halte die zwei so lange hier fest. Du kannst sie ja schon mal verhören.«
Er setzte seine Dienstmütze auf und verließ eilig die Polizeiwache. Nun nahm der andere Polizist am Schreibtisch Platz, schaute Herrn Taschenbier und das Sams streng an und begann mit der Befragung.
»Was hatten Sie oben auf der Anschlagsäule zu suchen?«
Herr Taschenbier guckte erst zum Sams, dann zum Polizisten, und antwortete verlegen: »Darüber darf ich leider nicht sprechen.«

»Sag ihm ruhig, dass du üben wolltest, Papa«, erlaubte ihm das Sams. »Du darfst nur nicht sagen, warum du geübt hast.«
»Sie verweigern also die Aussage. Wissen Sie, dass ich Sie anzeigen kann?!«
»Anzeigen?«, fragte Herr Taschenbier erschrocken. »Aber warum denn?«
»Wegen mutwilliger Sachbeschädigung!«
»Wegen gutwilliger Dachbeschäftigung?«, fragte das Sams »Ist es denn verboten, aufs Dach zu steigen? Oder wolltest du sagen: Wegen sachwilliger Mutbestätigung. Dann stimmt es natürlich. Mein Papa war sehr mutig, das kann ich bestätigen.«
Der Polizist schüttelte heftig den Kopf. »Ich spreche nicht von mutwilliger Sachbeschäftigung … äh … gutwilliger Sachbestätigung … dachwilliger … Ach was, ich kann euch auch wegen Erregung öffentlichen Ärgernisses anzeigen.«
»Erhebung hoffentlichen Ärgernisses?«, fragte das Sams. »Die ›hoffentliche Erhebung‹ verstehe ich: Mein Papa hat gehofft, dass man ihn hochhebt. Aber was ist ein Ärgernis?«
»Ein Ärgernis ist, wenn … also … Ach was, ich habe keine Lust, hier alles stundenlang zu erklären. Du wirst jetzt endlich gestehen. Verstanden!«
»Wieso *endlich*?«, fragte das Sams. »Ich hab schon oft gestanden, ich hab doch die ganze Zeit gestanden.«
»Schon oft gestanden? Aha!«, rief der Polizist und spannte ein Blatt Papier in die Schreibmaschine. »Das bringt uns weiter.«
Er tippte mit zwei Fingern »Wiederholungstäter« ein. »Du hast also schon öfter gestanden. Aha!«

»Ja, warum nicht? Ich hab auch schon gesessen und …«
»Du hast schon mal gesessen?«, fragte der Polizist. »Aha, aha!« Er tippte drei Ausrufezeichen hinter »Wiederholungstäter«.
»Was ist denn daran so erstaunlich?«, fragte das Sams. »Mein Papa hat auch schon oft gestanden und gesessen.«
»Dein Papa auch? Aha, aha, aha!«, sagte der Polizist und schrieb »Kriminelle Vereinigung!!!« in die nächste Zeile. »Jetzt müssen wir nur noch klären, was er gestanden hat.«
»*Was*? Du meinst, wo er gestanden hat! Das kann ich dir sagen: meistens auf dem Fußboden, manchmal auf dem Schreibtisch.«
»Frechheit! Mich so hereinzulegen!«, rief der Polizist, riss das Blatt wieder aus der Schreibmaschine, zerknüllte es und warf es in den Papierkorb.
»Ich hab dich nicht hier herein*gelegt*, du hast dich herein*gesetzt*«, erklärte das Sams geduldig. »Guck mal: Das ist Stehen. Und das ist Sitzen.« Es setzte sich auf den Schreibtisch. »Und so sieht Liegen aus!« Es legte sich quer über die Schreibmaschine. »Hast du's jetzt begriffen?«
»Verschwinde sofort! Weg hier«, rief der Polizist.
»Meinetwegen«, sagte das Sams und ging zur Tür.
»Halt! Hiergeblieben!«, schrie der Polizist.
»Du weißt nicht, was du willst. Soll ich nun verschwinden oder hierbleiben?«, fragte das Sams.
»Ihr beide kommt hier nicht raus, bevor ihr nicht gestanden habt!«, sagte der Polizist grimmig. »Und wenn es Tage dauert.«
»Meine Güte, geht das schon wieder los!«, stöhnte das Sams. »Wir stehen doch schon die ganze Zeit.«

»Ihr sollt nicht stehen, sondern ein Geständnis ablegen. Das ist was völlig anderes!«, brüllte der Polizist. »Ihr sollt zugeben, was ihr verbrochen habt. Untaten sollt ihr gestehen! Verbrechen! Gaunereien! Vergehen und Zuwiderhandlungen!«
»Das sollen wir alles gestehen?«, fragte das Sams. »Und dann dürfen wir wieder raus?«
»Ja.«
»Vorher nicht?«
»Nein.«
»Na gut, dann werde ich mal Untaten erfinden, äh: finden«, verkündete das Sams. »Schieb mal ein großes Blatt in die Schreibmaschine, es geht los!«
»Und dein Vater, was ist mit dem?«, fragte der Polizist. »Es wäre besser, wenn *der* reden würde!«
»Aus dem kriegst du keinen Ton raus. Da musst du dich schon an mich halten«, sagte das Sams »Der Streuselkuchen ist bekannt dafür, dass er eisern schweigt.«
Es stellte sich so vor den Schreibtisch, dass der Polizist Herrn Taschenbier nicht mehr sehen konnte. Der stand mit hochrotem Kopf neben der Tür und wusste gar nicht, wo er vor lauter Verlegenheit hingucken sollte.
»Streuselkuchen?«, fragte der Polizist.
»Das ist sein Deckname. Weil er der Raueste von allen ist …«
»Du willst dich über mich lustig machen!«, sagte der Polizist.
»Überhaupt nicht. Ich will nur erzählen, was wir für Untaten verbrochen haben.«
Das Sams gab hinter seinem Rücken Herrn Taschenbier

ein Zeichen, dass er aus dem Raum verschwinden solle. Aber der verstand es nicht, oder er traute sich nicht. Jedenfalls blieb er neben der Tür stehen und hörte mit offenem Mund zu, als das Sams nun weitererzählte.
»Meine Spezialität sind Kartentricks, Kuchenraub, Autohandel und Schreibmaschinenbefestigung. Mein Papa ist bekannt für Kücheneinbrüche und nächtliche Ruhestörung.«
»Nicht so schnell! Wie soll ich da mitkommen?«, sagte der Polizist und verhedderte sich fast mit den Fingern in den Schreibmaschinentasten. »Was genau sind Kartentricks? Spielst du mit gezinkten Karten?«
»Mit gezähnten Karten, ja«, gestand das Sams. »Dem König hab ich den Mantel abgebissen …«
»Das gehört nicht hierher«, sagte der Polizist. »Das kannst du anschließend gestehen. Wir sind noch bei den Karten.« Er machte trotzdem eine handschriftliche Notiz: »Gesteht, einem gewissen Herrn König den Mantel abgerissen zu haben.«
Das Sams gab Herrn Taschenbier wieder Zeichen, deutete auf die Tür und nickte auffordernd. Etwas unschlüssig machte er zwei kleine Schritte und griff nach der Türklinke. Das Sams grinste und nickte noch einmal, sehr heftig.
Herr Taschenbier fasste sich ein Herz, öffnete leise die Tür und schob sich hindurch. Der Polizist bekam nichts davon mit, er schrieb noch.
Herr Taschenbier schloss sehr, sehr vorsichtig die Tür von außen, schlich ein paar Schritte weiter, atmete tief durch und fing an zu rennen. Keine Minute später war er schon hinter der nächsten Straßenecke verschwunden.

Drinnen ging währenddessen der Polizist zum nächsten Punkt über. »Jetzt der Kuchenraub«, sagte er. »Lohnt sich das denn?«
»Nur im großen Stil«, gab das Sams an. »Wegen hundert Kuchen oder hundertfünfzig würde ich keinen Finger krumm machen. Interessant wird es erst ab tausend.«
»Und was macht ihr mit den vielen Kuchen?«
»Essen.«
»Essen? Du willst mich wohl zum Narren halten!«
»Ich hab ja noch gar nicht ausgeredet: Essen und Dortmund sind die beiden Städte, wo die Kuchen hingeschafft werden.«
»Ins Ruhrgebiet also, sehr interessant.«
»Ja, ins Rührgebiet«, bestätigte das Sams.
»Nun zur nächsten Sache: Schreibmaschinen … wie hieß das?«
»Du meinst Schreibmaschinenbefestigung?«, sagte das Sams. »Das ist der gemeinste Trick, den du dir vorstellen kannst.«
»Nie davon gehört. Und wie geht der?«
»Das kann ich nicht erklären, höchstens zeigen. Pass mal auf: Wenn man die Krawatte hier hinhält und da auf diese Taste drückt …« Das Sams fasste nach der Krawatte des Polizisten, legte das untere Ende in den Papiereinzug und drückte auf eine Taste rechts außen. Das Krawattenende wurde hinten in die Schreibmaschine gezogen, wickelte sich um die Walze und tauchte vorne wieder auf.
»Lass das! Hör sofort auf, was machst du da!«, rief der Polizist.
Mit der Krawatte war zwangsläufig sein Kopf nach unten

gezogen worden und hing nun eine Handbreit über dem vollgeschriebenen Blatt.
»Ich muss dir nur noch schnell den Trick zu Ende erklären«, sagte das Sams und zog den Stecker aus der Steckdose. »Jetzt ist die Schreibmaschine an der Krawatte befestigt und die Krawatte an der Maschine. Daher der Name, verstehst du?«
Der Polizist versuchte, die Krawatte aus der Maschine zu ziehen. Vergeblich. Ohne Strom ließ sich die Walze nicht zurückdrehen.
»So, nun muss ich mich verabschieden«, sagte das Sams. »Jetzt habe ich so viel gestanden; höchste Zeit, dass ich mir ein bisschen die Beine vertrete, ja? Auf Wiedersehen und viele Grüße an Herrn Lürcher!«
Es nickte dem Polizisten freundlich zu, der fluchend und schimpfend an der Schreibmaschine hing und vergeblich versuchte, den Stecker in die Steckdose zu schieben. Dann

rannte es aus der Tür, um die Ecke und so schnell weiter, dass es Herrn Taschenbier bereits nach achteinhalb Minuten überholt hatte.
Als der endlich schwer atmend vor Frau Rotkohls Haus ankam, schaute das Sams schon lachend aus dem Fenster und sagte: »Schade, Papa, dass wir nicht das Gesicht von Herrn Lürcher sehen können, wenn er jetzt ins Polizeirevier kommt. Der wird vielleicht sauer sein!«
Aber da hatte sich das Sams getäuscht.
Als Herr Lürcher mit dem zweiten Polizisten die Polizeiwache betrat, stand der erste ganz allein dort und versuchte gerade, seine völlig zerknitterte Krawatte auf der Schreibtischplatte glatt zu streichen. Der zweite Polizist fragte fassungslos: »Was ist denn hier los? Wo ist der Typ im Taucheranzug und wo der andere?«
»Sie sind weg! Alle beide«, sagte sein Kollege verlegen. »Einfach verschwunden!«
Da strahlte Herr Lürcher übers ganze Gesicht, nickte und sagte: »Das hätte ich Ihnen gleich sagen können. Warum soll's Ihnen anders gehen als mir? Jetzt sehen Sie mal, wie das so ist mit den beiden.« Und höchst zufrieden verließ er das Polizeirevier.

Herr Taschenbier ging in den nächsten Tagen nur mit gesenktem Kopf und hochgeschlagenem Jackenkragen auf die Straße. Er fürchtete, einer der beiden Polizisten könnte ihm zufällig begegnen und ihn wiedererkennen.
Zum Glück hatte er seinen Kletterversuch in einem Stadtteil unternommen, der weitab von Frau Rotkohls Haus lag.
Als Herr Taschenbier nach einer Woche immer noch nicht

erkannt und schon gar nicht verhaftet worden war, begann er sich etwas sicherer zu fühlen und klappte den Jackenkragen wieder nach unten, wie es sich gehörte. Aber er weigerte sich, jemals wieder das Besteigen hoher Bauwerke zu üben, sosehr das Sams auch drängte.

Nur morgens, auf dem Weg ins Büro, machte er manchmal noch kleine Versuche, mit seiner Höhenangst fertigzuwerden. Dann stieg er auf ein Gartenmäuerchen neben dem Bürohaus, balancierte ein Stück darauf entlang und sprang zu Boden, wenn ihm zu schwindlig wurde.

Bei einer solchen Gelegenheit wechselte er endlich die ersten Worte mit der Frau aus dem Fahrstuhl.

Er ging gerade vorsichtig auf der Mauer entlang, bemühte sich, nicht zu schwanken und nicht danebenzutreten, da sagte plötzlich eine Frauenstimme neben ihm: »Sie balancieren, Herr Taschenbier? Das macht sicher Spaß. Das hab ich als Kind auch immer gerne getan.«

Herr Taschenbier blickte auf: Neben ihm auf dem Gehsteig ging die Frau, die er so stumm verehrte, und lächelte ihm zu!

Vor Schreck und freudiger Überraschung blieb Herr Taschenbier oben auf der Mauer stehen und stammelte: »Sie … Sie kennen meinen Namen?!«

Lachend sagte sie: »Ach, wissen Sie, wenn jemand so einen ulkigen Namen hat wie Sie, das spricht sich im Büro schnell herum …«

»Wie schade, dass Sie keinen ulkigen Namen haben«, sagte Herr Taschenbier. »Dann wüsste ich nämlich auch, wie Sie heißen.«

»Wenn Sie das interessiert, werden Sie es schon heraus-

kriegen«, antwortete sie, lachte wieder und verschwand schnell in der Eingangstür des Hauses.
Herr Taschenbier stand immer noch auf der Mauer, strahlte und sagte zu sich selbst: »Was für eine schöne Stimme sie hat! Und dieses herrliche, spöttische Lächeln! Am 3. August werde ich aufs Dach steigen, und wenn ich mir Arm und Bein breche!«

7. Kapitel
Der Vollmond-Freitag

Erst hatte Herr Taschenbier die Wochen gezählt, die ihn noch von jenem Vollmond-Freitag trennten. Jeden Sonntagabend hatte er vor dem Schlafengehen Rotstift und Lineal aus der Schreibtischschublade geholt, war zum Wandkalender gegangen und hatte die verflossene Woche durchgestrichen.

In der letzten Woche hatte er die Tage gezählt und an jedem Abend den vergangenen Tag auf dem Kalender abgehakt.

Schließlich war nur noch der letzte Tag übrig geblieben, der Freitag, und Herr Taschenbier hatte innerlich die Stunden gezählt.

Nun war er bereits bei den Minuten angelangt. Denn nun war es elf Uhr abends, eine Stunde vor Mitternacht.

Herr Taschenbier und das Sams waren schon am frühen Abend nach oben geschlichen, zum Speicher, und hatten sich dort versteckt. Wären sie erst kurz vor Mitternacht nach oben gegangen, wäre die Gefahr größer gewesen, dass Frau Rotkohl sie auf der Treppe entdeckt und zur Rede gestellt hätte.

Jetzt saßen sie da oben und warteten.

Als eine Turmuhr dreimal schlug, Viertel vor zwölf also, stieg Herr Taschenbier auf einen abgestellten Koffer, öff-

nete leise das Klappfenster in der Dachschräge und hangelte sich hinaus.
Das Sams stand daneben und schob Herrn Taschenbier nach oben.
»Wie gut, dass du nicht so dick bist wie die Rotkohl«, flüsterte es. »Sonst würdest du stecken bleiben.«
Herr Taschenbier kauerte inzwischen draußen, halb auf dem Dach, halb auf der Fensteröffnung, und klammerte sich am Fensterrahmen fest.
»Du musst ein bisschen weiterklettern, Papa!«, flüsterte das Sams. »Ich kann nicht durchs Fenster steigen, wenn du draufsitzt!«
Herr Taschenbier nahm all seinen Mut zusammen und tapste auf allen vieren einen Meter dachaufwärts. Dort blieb er hocken, bis das Sams bei ihm angekommen war.
»So, jetzt nur noch ein paar Meter, dann hast du's geschafft«, flüsterte das Sams und kletterte voraus. Herr Taschenbier schaute starr auf die Füße vom Sams und kroch hinterher, ohne ein einziges Mal nach unten zu gucken.
Nach ein paar Minuten, die Herrn Taschenbier länger vorkamen als all die vergangenen Wochen, hatten die beiden den Dachfirst erreicht. Zum Glück gab es da oben einen Kamin. Herr Taschenbier kroch darauf zu, legte beide Arme um ihn, klammerte sich fest und atmete erst einmal tief durch.
Das Sams schien völlig schwindelfrei zu sein, balancierte auf dem Dach entlang, betrachtete die Straße und die kleinen Fichten in den Vorgärten, die weit unter ihnen silbern im Mondlicht schimmerten, und setzte sich schließlich

so auf den Dachfirst, dass ein Bein nach links, eines nach rechts hinunterhing.

»He, Papa, jetzt lass mal endlich den Kamin los und reite das Dach!«, sagte es. »Gleich schlägt es zwölf Uhr.«

Herr Taschenbier nahm die Hände vom Kamin und versuchte sich umzudrehen. Das schaffte er gerade noch. Aber als er nun sein Bein über den Dachfirst schwingen wollte, blickte er unwillkürlich nach unten. Vor seinen Augen begannen sich geparkte Autos, Garagendächer, Baumspitzen und Straßenlaternen immer schneller zu drehen, er fing an zu schwanken.

Das Sams erkannte blitzschnell, in welch gefährlichem Zustand sich sein Papa befand, balancierte zu ihm hinüber und hielt ihn mit beiden Händen fest.

Herr Taschenbier beruhigte sich und atmete wieder langsamer. Er schaffte es sogar, sich rittlings auf den Dachfirst zu setzen. Keine Sekunde zu früh, denn schon begann es zwölf Uhr zu schlagen.
»Eins, zwei, drei, vier …«, zählte das Sams die Schläge der Turmuhr mit.
»Hör auf zu zählen! Sag das Wort! Sag doch endlich ›Gatsmas‹!«, rief Herr Taschenbier. In seiner Aufregung wurde er viel zu laut. Er vergaß auch ganz seine Höhenangst, rüttelte das Sams an der Schulter und schrie: »Warum sagst du es nicht? Gatsmas! Hörst du: Gatsmas!«
»Aber Papa, was machst du denn!«, rief das Sams. »Das geht doch nicht! Das darfst du nicht!«
Es war genauso aufgeregt wie Herr Taschenbier.
Inzwischen hatte die Turmuhr aufgehört zu schlagen. Die Mitternacht war vorbei.
»Jetzt ist alles aus, wir haben den Zeitpunkt der Punktzeit verpasst!«, sagte Herr Taschenbier. Er war völlig verzweifelt. »Was war nur los? Was sollen wir jetzt tun? Wer weiß, wann wieder so ein Vollmond-Freitag kommt! – Und du lachst auch noch?! Wie kannst du nur lachen? Warum hast du denn nicht ›Gatsmas‹ gesagt, das verstehe ich einfach nicht.«
»Weil *du* es doch gesagt hast«, antwortete das Sams lachend. »Sogar dreimal. Und es hat gewirkt, wie man sieht!«
»Was soll das heißen?«, fragte Herr Taschenbier. »Und hör bitte auf zu lachen. Mir ist gar nicht danach zumute.«
»Ich wünsche mir einen Spiegel«, sagte das Sams.
»Einen Spiegel? Was für eine alberne Idee!«, sagte Herr Taschenbier, griff in seine Jackentasche, holte einen Ta-

schenspiegel heraus und reichte ihn dem Sams hinüber. »Ich wusste gar nicht, dass ich ihn eingesteckt hatte. Hier, bitte schön! Wozu brauchst du jetzt ausgerechnet einen Spiegel?«
Das Sams lachte noch heftiger. »Damit du hineingucken und dich sehen kannst, Papa!« Es hielt ihm den Spiegel vors Gesicht.
»Ich mag jetzt nicht in den Spiegel gucken. Ich seh mich ja sowieso kaum, bei diesem Mondlicht«, sagte Herr Taschenbier und schob den Spiegel unwillig zur Seite.
»Ich wünsche aber, dass du reinguckst«, sagte das Sams.
»Na gut, wenn's dir Spaß macht!« Herr Taschenbier blickte in den Spiegel. Das, was er sah, verschlug ihm erst mal die Sprache. Dann redete er umso lauter.
»Aber was ist denn das?«, rief er. »Ich habe ja lauter Punkte im Gesicht. Das ganze Gesicht voller blauer Punkte!«
»Natürlich, Papa. *Du* hast ja auch ›Gatsmas‹ gerufen«, erklärte ihm das Sams.
»Ach du meine Güte! Wie ich aussehe!«, sagte Herr Ta-

schenbier, tröstete sich aber schnell und fügte hinzu: »Immerhin habe ich jetzt Wunschpunkte. Der Ausflug aufs Dach war also nicht umsonst. Wie schön.«
Er überlegte kurz, was er zuerst wünschen solle, stellte sich den gefährlichen Abstieg zum Fenster und den Einstieg in den Dachboden vor, musste sich schon beim Gedanken daran schütteln und sagte laut und deutlich: »Ich wünsche, dass wir beide unten in meinem Zimmer stehen!«
Nichts geschah.
Herr Taschenbier wiederholte: »Ich wünsche, dass wir beide auf der Stelle unten stehen, in meinem Zimmer!«
Aber die beiden blieben auf dem Dach sitzen wie zuvor.
Herr Taschenbier fing an zu schimpfen. »Nicht nur, dass ich jetzt blaue Punkte im Gesicht habe wie ein … ein …«
»Wie ein Sams?«, half ihm das Sams.
»Ja, genau: wie ein Sams. Nicht nur das! Nein, sie funktionieren nicht einmal!«
Das Sams lachte. »Doch, doch, Papa. Es sind Wunschpunkte von der allerfeinsten Sorte, sie könnten gar nicht wünschiger sein!«
»Wie kannst du nur so was behaupten? Achtung, ich beweise es dir: Ich wünsche, dass wir in meinem Zimmer stehen! – Siehst du, es geht nicht.«
»Es geht nicht? Pass mal auf, Papa: Ich wünsche, dass wir in unserem Zimmer auf dem Teppich stehen!«
Kaum hatte das Sams ausgesprochen, standen die beiden – SCHWUPPS – in Herrn Taschenbiers Zimmer neben dem Tisch. Wie gut, das er seine Nachttischlampe hatte brennen lassen, sonst hätte er sich in der Dunkelheit gar nicht zurechtgefunden.

»Ja, aber wieso … was bedeutet denn das … warum denn?«, fragte Herr Taschenbier entgeistert.
»Weil *du* die Punkte hast, Papa. Verstehst du nicht? Früher hatte ich blaue Punkte im Gesicht, und immer wenn du was gewünscht hast, ist ein Punkt verschwunden und der Wunsch ging in Erfüllung. Nun hast aber *du* blaue Punkte …«
»Und immer, wenn *du* etwas wünschst, geht es in Erfüllung?!«
»So ist es«, sagte das Sams. »Genau so.«
»Und ich darf nicht wünschen?«, fragte Herr Taschenbier aufgebracht.
»Wünschen darfst du schon, Papa. Aber in Erfüllung geht's halt nicht. Leider!«, sagte das Sams. »So, das viele Erklären hat mich aber durstig gemacht. Ich wünsche mir was zu trinken.«
Es klopfte an der Zimmertür. Herr Taschenbier und das Sams riefen fast gleichzeitig: »Herein!«
Die Tür ging auf. Frau Rotkohl kam im Morgenrock ins Zimmer, ein Tablett mit einem großen Glas Tee in der Hand.
»Ich höre schon die ganze Zeit, wie Sie und Ihr Sams reden und allerlei Lärm machen«, sagte sie streng. »Heute will ich nicht wieder eine schlaflose Nacht erleben. Ihr beiden werdet jetzt meinen Schlaftee trinken, bitte schön! Dann wird's hier hoffentlich bald ruhig.«
Sie stellte das Glas auf Herrn Taschenbiers Schreibtisch, sagte: »Gute Nacht!«, und verließ das Zimmer.
»Schlaftee, bäh!«, sagte das Sams. »Hätte sie nicht was Besseres bringen können?«

»Tja, du musst eben genauer wünschen«, belehrte Herr Taschenbier das Sams ein bisschen schadenfroh. »Wenn du nur sagst ›was zu trinken‹, musst du mit dem Tee zufrieden sein.«
»Muss ich nicht«, sagte das Sams. »Ich wünsche, dass im Glas Erdbeermilch ist.«
Schneller, als Herr Taschenbier gucken konnte, wechselte die Flüssigkeit im Glas ihre Farbe und wurde hellrosa.
Herr Taschenbier machte: »Iiii!«, und kratzte heftig an der Nasenspitze.
»Hat es wehgetan?«, fragte das Sams besorgt.
»Nein, es juckt. Warum juckt meine Nase plötzlich so? Ob ich mich auf dem Dach erkältet habe und nun einen Schnupfen bekomme?«
»Aber nein. Das war doch der Wunschpunkt, der gerade von deiner Nasenspitze verschwunden ist«, erklärte ihm das Sams und nahm einen tiefen Schluck aus dem Glas. »Jetzt merkst du mal, wie es sich anfühlt, wenn einem

ständig Punkte aus dem Gesicht gewünscht werden. Ganz schön kitzlig, was?« Es nahm noch einen Schluck. »Na ja, es war ja auch ein ziemlich schwieriger Wunsch: Erdbeermilch für Schlaftee.«

»Schwierig? Hat er deshalb besonders stark gekitzelt?«, fragte Herr Taschenbier.

»Mhmm«, machte das Sams undeutlich, denn es trank gerade das Glas leer. »Wünsche ohne menschliche Beteiligung sind am schwierigsten.«

»Ohne menschliche Beteiligung? Was genau bedeutet das?«, fragte Herr Taschenbier. »Ich muss das doch jetzt wissen, schließlich wird mit meinen Punkten gewünscht.«

»Wenn ich was zu trinken wünsche und Frau Rotkohl bringt es mir, ist das ein leichter Wunsch. Da muss nicht der Wunsch arbeiten, verstehst du, sondern Frau Rotkohl. Wenn ich aber wünsche, dass aus dem Tee eine Erdbeermilch wird, muss das der Punkt ganz alleine tun. Oder kennst du etwa einen Menschen, der das könnte?«

»Ich? Nein, natürlich nicht«, antwortete Herr Taschenbier.

»Siehst du. Deshalb ist das ein schwieriger Wunsch und es kitzelt dementsprechend, wenn der Punkt verschwindet. Wir Samse teilen die Wünsche ein in leichte, schwierige und besonders schwierige Wünsche. Ein B. S. W. ist ein bisschen unangenehm. Er brennt auf der Haut. Nicht gerade so schlimm wie ein Wespenstich, aber immerhin.«

»B. S. W.?«, fragte Herr Taschenbier.

»Ein Besonders Schwieriger Wunsch«, übersetzte das Sams. »So, nun haben wir genug geredet. Bin ich vielleicht müde!« Es reckte sich und gähnte. »Höchste Zeit, dass wir ins Bett gehen.«

»Ins Bett? Ich habe aber noch ziemlich viele Fragen«, sagte Herr Taschenbier. »Schließlich muss ich mich erst mal an den Gedanken gewöhnen, dass du nun alle Wünsche erfüllt kriegst. Ich glaube nicht, dass ich jetzt schon schlafen kann …«

»Was heißt da ›jetzt schon‹! Es ist gleich ein Uhr.« Das Sams gähnte noch heftiger. »*Ich* jedenfalls gehe ins Bett.«

»Nur noch eines: Wenn ich zum Beispiel wünsche, dass du wünschst, dass ich …«, begann Herr Taschenbier.

»Morgen, Papa, morgen!«, sagte das Sams schläfrig. »Ich wünsche mir nur, dass du jetzt ins Bett gehst.«

»Ins Bett? Ja, vielleicht hast du recht. Doch, doch, das wird das Beste sein«, stimmte Herr Taschenbier bereitwillig zu. »Warum bin ich nicht gleich auf diese gute Idee gekommen!«

Er kleidete sich hastig aus, zog seinen Schlafanzug an, stieg am Fußende aufs Bett, marschierte über die Bettdecke und blieb gedankenverloren auf dem Kopfkissen stehen.

»Ich wollte natürlich sagen: Ich wünsche, das du dich ins Bett *legst*«, murmelte das Sams und drehte sich auf die andere Seite.

»Legen? Das ist sogar noch viel besser!« Herr Taschenbier freute sich über diesen genialen Vorschlag, legte sich hin und schlüpfte unter die Bettdecke. »Gute Nacht, Sams. Schlaf gut!«

Das Sams knipste die Nachttischlampe aus.

»Ich wünsch dir auch eine gute Nacht, Papa«, sagte es dabei.

»Iiii«, machte Herr Taschenbier und kratzte sich am Ohr. »Warum juckt es denn jetzt schon wieder? Natürlich: Das

mit der guten Nacht war ja ein Wunsch. Ich verstehe. Na, da bin ich mal gespannt ...« Nun gähnte Herr Taschenbier, »... mal gespannt, ob sie auch wirklich ...«
Weiter kam er nicht, denn er war schon eingeschlafen. Er schlief die ganze Nacht tief und fest und hatte lauter angenehme Träume.

8. Kapitel
Was das Sams sich so wünscht ...

Am Samstagmorgen wurde Herr Taschenbier von einem leichten Jucken auf der Nasenspitze geweckt. Er gähnte, setzte sich auf und schaute sich um. Am Fußende von Herrn Taschenbiers Bett saß das Sams und guckte ihm ins Gesicht. Als es sah, dass er aufgewacht war, fing es gleich an zu singen:

»Wenn ich früh im Morgengrauen
meinen müden Augen traue,
gibt es Punkte, und zwar blaue,
auf dem Papa anzuschauen.«

Herr Taschenbier streckte sich. »Endlich werde ich wieder am Morgen durch ein Sams-Singen begrüßt. Was macht dir denn so gute Laune?«

»Die hab ich mir einfach gewünscht«, sagte das Sams. »Hast du's nicht gespürt?«

»Ach, *das* war das Kitzeln!« Herr Taschenbier rieb über seine Nasenspitze. Nun fielen ihm die Ereignisse der letzten Nacht erst so richtig ein. »Natürlich, ich habe ja jetzt Wunschpunkte.«

»Die Punkte hast du schon, aber die Wünsche habe ich«, sage das Sams und sang gleich die zweite Strophe seines Liedes hinterher:

»Diese Punkte, diese kleinen,
das sind Wünsche, und zwar meine.

Denk nur nicht, ich hätte keine!
Hör gut zu, gleich wünsch ich einen.«

»Warte, nicht so überstürzt!«, sagte Herr Taschenbier. »Mach nicht die gleichen Fehler wie ich damals. Überleg dir gut, was du wünschen willst. Ich weiß nicht, wie viele Punkte ich noch habe.«

»Eine ganze Menge.«

»Könntest du uns nicht einen großen Spiegel an die Wand wünschen?«, fragte Herr Taschenbier. »Der fehlt mir schon lange. Dann kann ich mich angucken und meine Punkte zählen.«

»Na gut, meinetwegen. Ich wünsche, dass dieser Papa-Wunsch in Erfüllung geht«, sagte das Sams.

Herr Taschenbier und das Sams guckten sich um: Von einem Spiegel war nichts zu sehen.

»Der Wunsch ist danebengegangen. Was ist da los?«, fragte das Sams. »Vielleicht, weil es ja eigentlich dein Wunsch war und nicht meiner. Ich will es gleich noch einmal versuchen.«

»Halt, nicht! Er muss gewirkt haben, ich hab ihn deutlich gespürt.« Herr Taschenbier kratzte sich an der Stirn.

Das Sams sprang aus dem Bett und ging im Zimmer herum. »Da hängt er ja, der dumme Spiegel!«, rief es und deutete hinter den Schrank. »Das kommt davon, wenn ich mich auf deine Wünsche einlasse. Viel zu ungenau gewünscht!«

Herr Taschenbier lachte und stieg auch aus dem Bett. »Wünsch ihn hierher«, bat er und deutete auf eine freie Fläche zwischen dem Bücherregal und dem Sessel. »Hier hängt er am besten.«

»Ich wünsche, dass der Spiegel hier an dieser Stelle hängt«, sagte das Sams. »So, nun kannst du dich angucken.«

Herr Taschenbier betrachtete sich im Spiegel. »Wie ich aussehe!«, sagte er, »Das sind ja mindestens zwanzig Punkte. So kann ich doch nicht ins Büro. Was sagt denn da Herr Oberstein. Der denkt ja, ich hätte eine ansteckende Krankheit. Und wenn *sie* mich so sieht, um Himmels willen! Was soll ich denn nur tun?«

»Erst beklagst du dich, weil ich zu verschwenderisch mit deinen Punkten umgehe, jetzt sind es wieder zu viele. Du weißt nicht, was du willst. Soll ich wünschen, dass alle verschwinden?«

»Nein, nein. Bitte nicht!«, sagte Herr Taschenbier schnell. »Die brauche ich doch noch.«

»Du?«, fragte das Sams erstaunt. »Warum du? du kannst doch damit gar nichts anfangen.«

»Nicht direkt, aber indirekt schon …«
»Indirekt? Was heißt das?«
»Na ja, wenn ich einen bestimmten Wunsch ausspreche und du sagst: ›Ich wünsche, dass Papas Wunsch in Erfüllung geht!‹ Beim Spiegel gerade hat es doch auch geklappt.«
»Und an was für einen Wunsch denkst du dabei?«, fragte das Sams. »Geht es um eine bestimmte Fahrstuhlfrau?«
Herr Taschenbier nickte.
»Soll ich vielleicht wünschen, dass sie dich liebt und dich heiratet?«
Herr Taschenbier errötete ein wenig, nickte wieder und sagte: »So ungefähr, ja …«
»Und dann wärst du zufrieden?«
»Zufrieden? Vollkommen glücklich!«, sagte Herr Taschenbier.
»Wärst du nicht!«, sagte das Sams. »Jedenfalls nicht lange.«
»Aber natürlich. Das kannst du nur nicht verstehen, weil du nicht erwachsen bist.«
»So? Kann ich nicht? Dann will ich dich mal was fragen: Warum wärst du denn ›vollkommen glücklich‹?«
»Das habe ich dir doch gerade gesagt: weil sie mich liebt!«
»Und warum liebt sie dich?«
»Wie soll ich dir das erklären? Weil sie mich mag, weil ich ihr gefalle, weil ich …«
»Stimmt nicht. Sie liebt dich, weil der Wunsch es so will. – Wäre es nicht viel besser, dass sie dich auch dann mag, wenn sie es nicht muss? Das kannst du allerdings nur ohne Wunschpunkte herausfinden.«
»So habe ich das noch nie betrachtet«, murmelte Herr

Taschenbier und setzte sich aufs Bett. »Du hast völlig recht. Warum habe ich mir das nicht früher schon klar gemacht? Dann hätten wir die ganze Klettertour aufs Dach ja gar nicht unternehmen müssen! Dann war ja alles umsonst!«

»Es war bestimmt nicht umsonst, Papa«, tröstete ihn das Sams, hüpfte ins Bett und setzte sich neben Herrn Taschenbier. »Du wirst es noch merken.«

Bevor er nachfragen konnte, was es damit gemeint habe, rief das Sams schon: »Höchste Zeit fürs Frühstück, Papa. Genug geredet, jetzt wird gewünscht. Ich wünsche uns zum Frühstück vier Stück gefüllten Streuselkuchen mit Äpfeln, drei Paar Würstchen mit Senf, zwei Portionen Pommes frites mit extra viel Ketchup, Schokoladeneis, Erdbeereis, Bananeneis und dann vielleicht ...«

Das Sams überlegte noch, während vor ihnen auf dem Bett bereits eine Essensportion nach der anderen landete.

»Bist du von allen guten Geistern verlassen?«, rief Herr Taschenbier. »Uns dieses widerliche Zeugs ins Bett zu wünschen! Jetzt sieh mal, wie die Decke aussieht: alles voller Ketchup.«

»Hör auf zu jammern, Papa. Das haben wir sofort: Ich wünsche, dass alle Sachen so leicht werden, dass ... Oh, nein, halt! Beinahe hätte ich einen riesengroßen Fehler gemacht. Also noch einmal: Ich wünsche, dass all die Esssachen, die hier auf dem Bett liegen, so leicht werden, dass sie in der Luft schweben.«

Es sah wirklich sehr witzig aus, wie jetzt Kuchen, Würste und die einzelnen Pommes-Stäbchen sanft emporstiegen und einen halben Meter über dem Bett im Zimmer

schwebten. Sogar der Ketchup schien sich für eine »Esssache« zu halten, denn er hatte sich brav mit all den anderen in die Luft erhoben und schwebte als flache, rote Pfütze um das Sams herum. Es brauchte nur den Finger auszustrecken und ihn hineinzustecken.
»Na, hast du schon mal ein besseres Frühstück gesehen?«, sagte es zufrieden und schleckte den Finger ab.
»Und ob ich das gesehen habe!« Herr Taschenbier war überhaupt nicht begeistert. »Du willst doch nicht behaupten, dass dies ein gutes Frühstück ist. Das passt doch alles gar nicht zusammen. Außerdem ist es völlig ungesund. Es fehlte nur noch, das du dir dazu ein paar Hamburger bestellst!«
Herr Taschenbier schüttelte sich bei dem Gedanken.
»Ein paar Hamburger? Du hast wirklich die besten Ideen,

Papa. Das war's, was mir vorhin nicht eingefallen ist. Genau. Ich wünsche mir ...«
»Untersteh dich!«, rief Herr Taschenbier.
»Ich wünsche mir ...«, fing das Sams noch einmal an. Herr Taschenbier hielt sich die Ohren zu und sagte: »Du brauchst gar nicht zu wünschen. Ich kann deinen Wunsch sowieso nicht hören.«
»Gemeinheit!«, schimpfte das Sams. »Mein Papa gönnt mir nicht einmal ein Frühstück. Das sollte ich dem Sozialamt melden oder dem Kinderschutzbund!«
»Kinderschutzbund?«, fragte Herr Taschenbier. Er lachte. »Ich denke, du bist kein Kind, sondern ein Sams?«
Damit hatte er verraten, dass er doch hörte, was das Sams sagte.
Es rief schnell: »Ich wünsche, dass Papa Taschenbier mir ein paar Hamburger besorgt.«
Es musste so lachen über diesen Wunsch, dass es sich fast am Streuselkuchen verschluckt hätte.
Herr Taschenbier sprang sofort auf und ging zur Tür. »Eigentlich gar keine so schlechte Idee. Am frühen Morgen schmecken Hamburger immer am besten. Am Bahnhof verkaufen sie ganz besonders fettige, saftige«, sagte er. »Ich will gleich mal sehen, ob ich uns nicht ein paar holen kann, ja? Du hast sicher nichts dagegen, oder? Ich beeile mich. Gleich bin ich wieder da. Auf Wiedersehen.«
»Auf Wiedersehen, Papa«, antwortete das Sams. »Aber wäre es nicht besser, du würdest dich vorher anziehen?«
»Anziehen?«, fragte Herr Taschenbier und schaute an sich herunter. Er trug noch seinen breit gestreiften Schlafanzug. »Wahrscheinlich hast du recht, ja ja. Ich muss trotz-

dem schnell machen; ich muss mich beeilen.« Er lauschte seinen Worten nach und murmelte: »Warum eigentlich? Heute ist doch Samstag; mein freier Tag. Warum muss ich mich eigentlich so hetzen?«
Kopfschüttelnd zog er Hemd und Hose an, steckte seinen Geldbeutel ein und lief schnell aus dem Haus.
Draußen hastete er die Straße entlang in Richtung Bahnhof. Je weiter er sich vom Haus und vom Sams entfernte, desto langsamer wurde er, begann zu schlendern und blieb schließlich sogar stehen.
»Was ist das nur für ein blödsinniger Wunsch!«, schimpfte er. »Da stehe ich morgens vor dem Frühstück hier in der Stadt und spüre den ganz starken Drang, Hamburger zu holen. So ist das also, wenn man einen Wunschpunkt-Wunsch erfüllen muss. Man merkt, dass man unsinnige Sachen macht, und muss es trotzdem tun.« Er setzte sich wieder in Bewegung, ging weiter auf den Bahnhof zu.
Vor ihm, auf dem Bahnhofsvorplatz, stiegen gerade viele Leute aus einem Autobus, auf dem in großen Buchstaben »Hummel-Hummel-Reisen« stand. Einer aus der Reisegesellschaft ging auf Herrn Taschenbier zu und fragte: »Sind Sie von hier? Können Sie uns vielleicht sagen, was es hier Sehenswertes gibt? Sie kennen sich doch bestimmt ein bisschen aus.«
Herr Taschenbier kam eine Idee, eine so grandiose, dass er Mühe hatte, nicht laut herauszulachen. »O ja«, sagte er. »Ich kann Ihnen gern ein paar Sehenswürdigkeiten zeigen.«
Es dauerte eine ganze Weile, bis Herr Taschenbier wieder nach Hause kam. Wie er gleich merken sollte, hatte das Sams schon *sehr* ungeduldig auf ihn gewartet.

Als Herr Taschenbier ins Zimmer kam, blieb er erst mal verblüfft im Türrahmen stehen: Das Sams schwebte mit prallem Trommelbauch ungefähr einen Meter über dem Bett wie ein Luftballon.

»Mach schnell die Tür zu, Papa, es zieht!«, sagte es. »Sonst werde ich noch weggeweht. Nein, warte, ich weiß was Besseres: Ich wünsche, das ich wieder unten auf dem Boden stehe.«

Da stand es auch schon aufatmend auf dem Boden und sagte: »Gut, dass du wieder da bist, Papa!«

»Warum … was … wieso hingst du denn da oben in der Luft?«, fragte Herr Taschenbier.

»Es hat so lange gedauert, bis du wiedergekommen bist. Da hab ich in der Zwischenzeit alles aufgegessen, was hier herumgeschwebt ist«, sagte das Sams kleinlaut. »Und weil ich doch gewünscht hatte, dass alle Esssachen durch die Luft schweben, …«

»… musstest du mit ihnen mitschweben«, vollendete Herr Taschenbier und bekam einen Lachanfall.

»Du lachst, und ich hab lauter Luft im Magen«, sagte das Sams. Es rülpste laut. »Hast du wenigstens die Hamburger mitgebracht?«

»Ja, hab ich. Sie warten hier im Flur. Sollen sie reinkommen?«

»Reinkommen, alleine? Wie können sie das?«, fragte das Sams. »Ich hab doch gar nicht gewünscht, dass sie Beine haben.«

»Das war auch nicht nötig; sie hatten vorher schon welche«, sagte Herr Taschenbier und konnte kaum das Lachen unterdrücken. Er drehte sich um und sagte: »Kommen Sie

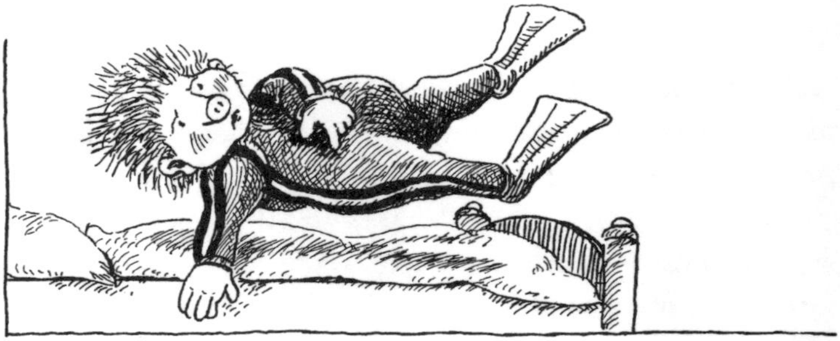

doch bitte näher. Hier sehen Sie das merkwürdige Wesen, von dem ich Ihnen erzählt habe.« Zwei Männer und eine Frau kamen ins Zimmer.
»Tatsächlich! Er hat nicht übertrieben: rote Stachelhaare und eine Rüsselnase wie ein Schwein«, sagte der eine Mann. »Hast du schon mal so was gesehen, Erna?« »Nee, hab ich nicht«, sagte die Frau. »'n Morgen, übrigens.«
»Wer ist das denn?«, fragte das Sams. »Und wo hast du die Hamburger?«
»Na, hier sind wir doch!«, sagte der andere Mann, der bis jetzt noch nichts gesagt und nur das Sams betrachtet hatte.
»Hamburger? Ihr wollt Hamburger sein?!«, fragte das Sams.
»Ja, sind wir«, sagte der Mann. »Ich komme aus Hamburg-Duvenstedt und Erna und Hinrich hier aus Hamburg-Poppenbüttel. Wir sind da geboren, sind also alle drei waschechte Hamburger, ja, doch, doch! Nicht, Erna?«
»Jawohl, sind wir!«, bestätigte Erna. »Aber ich muss gestehen, so was wie diesen Kleinen hab ich in Hamburg noch nie ...«

»Ich wünsche, dass die drei dahin verschwinden, wo sie hergekommen sind!«, sagte das Sams unwillig.
Und mitten im Satz war die Frau verschwunden und mit ihr die beiden Männer.
Herr Taschenbier lachte. »Die Hamburger werden sich wundern, dass sie plötzlich wieder in ihrem Reisebus sitzen«, sagte er. »Dabei warst du es doch, der sie extra hergewünscht hat.«
Er war bestens gelaunt, weil es ihm gelungen war, gegen den Wunschpunkt-Wunsch anzukämpfen und das Sams zu überlisten. »Weißt du, was wir jetzt machen? Wir gehen in die Küche, und dort gibt es noch einmal Frühstück. Eines, wie ich es mag, mit Vollkornbrot und Honig«, schlug er vor.
Das ließ sich das Sams nicht zweimal sagen. »Noch einmal Frühstück? Das kann ich gut vertragen, damit ich ein bisschen schwerer werde und nicht mehr davonschwebe. Gute Idee, Papa.«
Herr Taschenbier ging voraus, stellte schon mal Teller und Tassen auf den Tisch und wartete auf das Sams. Aber das kam nicht.

»He, Sams, du könntest mir ruhig ein bisschen helfen!«, rief Herr Taschenbier. »Wo bleibst du denn? Ich dachte, du freust dich auf das zweite Frühstück?«
Von drüben aus Herrn Taschenbiers Zimmer kam ein so klägliches Rufen, dass Herr Taschenbier Messer und Löffel auf den Tisch fallen ließ und hinüberging.
»Ich weiß nicht, was los ist, ich komme hier nicht weg«, sagte das Sams. »Ich kann die Beine nicht bewegen.«
»Wirklich nicht? Versuch's doch noch mal!«, sagte Herr Taschenbier besorgt. »Es wird doch keine Krankheit sein?«
»Es geht nicht. Ich kann es nicht. Ich krieg den Fuß nicht hoch.«
»Ich leg dich aufs Bett«, schlug Herr Taschenbier vor. »Dann geht es dir sicher gleich wieder besser.«
Aber sosehr er sich auch mühte, das Sams hochzuheben und zum Bett zu tragen: Er schaffte es nicht, es auch nur einen Millimeter hochzuzerren.
»Das geht nicht mit rechten Dingen zu. Du wiegst mindestens zehn Tonnen. So viel kannst du gar nicht gegessen haben«, sagte Herr Taschenbier. »Was ist nur los? Ob das wieder mit irgendeinem Wunsch zusammenhängt?«
»Wunsch?«, fragte das Sams. »Natürlich, Papa. Diese strohdoofen, saudummen, beknackten, hinterlistigen, gemeinen Wünsche machen nie, was ich will, sondern immer nur das, wozu sie Lust haben! Ich hab die Nase voll. Ab jetzt wird überhaupt nicht mehr gewünscht. Nur noch einmal, dann ist Schluss.«
»Schimpf nicht so auf die Wünsche! Schließlich hast du sie selbst erfunden. Erklär mir lieber, was du meinst.«
»Erinnerst du dich an den letzten Wunsch: Ich wünsche,

dass ich auf dem Boden stehe! Und jetzt stehe ich da, stehe und stehe und kann nicht gehen. Gut, dass ich einen Papa mit blauen Punkten habe: Ich wünsche, dass ich wieder ganz normal gehen kann, wenn ich will.«
Worauf die beiden zusammen in die Küche gingen und ausführlich frühstückten.
Eine Frage hatte Herr Taschenbier dann doch noch. »War das vorhin ernst gemeint? Du willst tatsächlich nie mehr wünschen?«, fragte er.
»Nie mehr«, versicherte das Sams, überlegte kurz und setzte hinzu: »Jedenfalls nie mehr an diesem Tag heute. Frühestens morgen früh in aller Frühe vor dem Frühstück.«
»Das hätte ich mir anders auch gar nicht vorstellen können«, sagte Herr Taschenbier.
»Ich auch nicht«, sagte das Sams und reimte:

»Morgen früh geb ich mir Müh.
Morgen früh, da bin ich schlauer,
morgen früh wünsch ich genauer.
Morgen bin ich ganz bescheiden,
um die Fehler zu vermeiden,
und dann wünsche ich uns beiden …«

»Na, was denn?«, fragte Herr Taschenbier.
»Das wird noch nicht verraten.«
»Da bin ich aber sehr gespannt«, sagte Herr Taschenbier.
»Wie gut, dass ich wenigstens heute vor weiteren gewünschten Überraschungen sicher bin!«

9. Kapitel
Herr Taschenbier geht baden

Am Sonntag schien die Sonne, wie es sich gehörte.
Das Sams hatte die Vorhänge beiseitegezogen, das Fenster geöffnet, saß auf dem Fensterbrett und sang ziemlich laut.

»Wenn man in der Sonne sitzt
und dabei ganz heftig schwitzt,
kann man – gleich, ob man ein Kind ist,
ob man Hase oder Rind ist,
ob man lahm, ob man voll Schwung ist,
ob man alt ist oder jung ist,
ob man reich ist oder arm ist –
damit rechnen, dass es warm ist.«

Davon wurde Herr Taschenbier wach, sagte: »Das ist wohl eine alte Bauernregel«, und sprang aus dem Bett.
»Nein, eine neue Samsregel«, antwortete das Sams. »Willst du gleich noch eine hören?«
»Meinetwegen. Hauptsache, sie ist kurz.« Wenn die Sonne schien, hatte Herr Taschenbier meistens viel bessere Laune als an einem Regentag. An diesem Morgen war er besonders gut gelaunt. Er hatte frei, das Wetter war schön, und darüber hinaus war er nicht durch das Weckerklingeln geweckt worden, sondern durch eine gesungene Samsregel.

»Es ist die kürzeste, die man sich überhaupt vorstellen kann«, sagte das Sams. »Sie geht so:

Fängst du morgens an zu schwitzen,
sollst du nicht zu Hause sitzen,
sondern spätestens um zehn
zum Baden in das Schwimmbad gehn.«

»Ich bin nicht der Typ, der in ein Schwimmbad geht. Schon gar nicht morgens um zehn«, sagte Herr Taschenbier. »Ich bin mir nicht einmal sicher, ob ich eine Badehose besitze.«

»Schade. Noch nie bist du morgens mit mir baden gegangen. Dabei wünsche ich es mir doch so …«

»Halt, um Himmels willen! Nicht aus Versehen wünschen!«, rief Herr Taschenbier.

Er guckte das Sams an, das Sams Herrn Taschenbier, und beide warteten und fragten sich, ob sie in der nächsten Sekunde wohl in einem Schwimmbad wären.

»Wie gut, der Wunsch scheint nicht gewirkt zu haben«, stellte Herr Taschenbier nach einer Weile aufatmend fest. »Ich ziehe mich an, dann gehen wir in die Küche und frühstücken. Ich hoffe, das du mich heute nicht wieder wegschickst. Oder muss ich diesmal Berliner holen?«

»Nein, diesmal nicht«, sagte das Sams. »Heute frühstücken wir ganz gemeinsam.«

»Ohne Extrawünsche?«, fragte Herr Taschenbier.

»Das kann ich erst beantworten, wenn ich das Frühstück gesehen habe«, sagte das Sams. »Außerdem weiß ich gar nicht, was Extrawünsche sind, ich kenne nur Extrawürste.«

Kaum saßen sie am Frühstückstisch, fing es schon an zu singen:

»Heut isst Papa Taschenbier
hier sein Vollkornbrot mit mir.
Warme Würstchen hat er nicht,
aber Punkte im Gesicht.
Also wünsch ich offiziell:
zwanzig Würstchen, und zwar schnell!«

Weil auf dem Tisch für die vielen Würstchen nicht genügend Platz war, sagte das Sams einfach: »Ich wünsche, dass der Küchentisch dreimal so groß ist wie jetzt!«

Besser wäre es gewesen, es hätte nur die Tischplatte größer gewünscht.

Nun hatte sich der ganze Tisch ausgedehnt, und Herr Taschenbier und das Sams konnten ihn mühelos von unten betrachten, denn sie saßen darunter. Die Platte ragte in gut zwei Metern Höhe vom Küchenschrank bis zum Herd, von der einen Wand bis zur gegenüberliegenden.

»So, jetzt wirst du wohl oder übel noch einen Wunschpunkt verbrauchen müssen«, sagte Herr Taschenbier.

»Findest du?«, sagte das Sams. »Ich weiß was Besseres.«

Es rannte in Herrn Taschenbiers Zimmer, kam mit einer karierten Wolldecke wieder, kletterte auf den Stuhl, stieg auf die Stuhllehne und hangelte sich von dort auf die Tischplatte.

Als Herr Taschenbier vom Stuhl auf den Küchenschrank stieg, um nachzusehen, was das Sams da oben machte, saß es schon auf der Wolldecke, hatte die Teller, die Tassen und alle Esssachen um sich verteilt und stopfte sich gerade das dritte Würstchen in den Mund.

»Komm hoch, Papa, und setz dich! Ein herrliches Plätzchen für ein Picknick, findest du nicht? Wir brauchen keine Wiese, höchstens eine Küche wie diese«, sagte es und half Herrn Taschenbier beim Hochklettern. »Hast du das gehört, das hat sich ja gereimt! Daraus könnte man ein richtiges Picknick-Gedicht machen, ein ricktickes Picknick-Gedickt:

Zum Picknick braucht man keine Wiese,
nur eine Küche, so wie diese.
Denn es stört den Essgenuss,
wenn man vor dem Würstchenessen
erst nach Wiesen suchen muss …«

»Was, um Himmels willen, ist denn *hier* los!«, rief in diesem Augenblick eine Stimme unter ihnen.

Herr Taschenbier und das Sams beugten sich über die Tischkante und spähten hinab. Unter ihnen stand im rosaroten Sommerkleid Frau Rotkohl, hatte die Hände in die Hüften gestützt und schimpfte.

»Wer hat mir dieses Monstrum von einem Tisch in die Küche gestellt? Wie habt ihr den überhaupt durch die Tür gekriegt? Herr Taschenbier, und wenn Sie zehnmal der Freund von Anton sind, ich verlange eine Erklärung: Wo ist mein Küchentisch?!«

»Aber wir sitzen doch drauf, Frau Rotkohl«, sagte Herr Taschenbier.

»Das soll mein Tisch sein? Wollen Sie sich über mich lustig machen?!«

»Er ist es wirklich. Er ist nur …« Herr Taschenbier suchte nach Worten.

»… nur ein bisschen gewachsen«, half ihm das Sams.

»Rede keinen Unsinn!«, sagte Frau Rotkohl. »Als ob Tische wachsen könnten.«

»Früher war ich auch viel kleiner«, versicherte das Sams.
»Bist du vielleicht ein Tisch?!«, sagte Frau Rotkohl.
»Nein, ich sitze nur auf einem.«
»Jedenfalls nicht auf meinem«, sagte Frau Rotkohl. »Was macht ihr eigentlich da oben?«
»Wir picknicken unser Frühstück«, sagte das Sams. »Komm hoch, Frau Rotkohl! Siebzehn Würstchen sind noch übrig.«
»Da hinauf? Ich denke nicht daran!«, rief Frau Rotkohl.
»Dann eben nicht«, sagte das Sams und zog den Kopf hinter die Tischkante zurück. Frau Rotkohl hörte, wie ir-

gendwo über ihr Teller klapperten und das Sams behaglich schmatzte.
»Noch sechzehn Würstchen ... Mahlzeit, Frau Rotkohl! Noch fünfzehn Würstchen ... Mahlzeit, Frau Blaukohl! Noch vierzehn Würstchen ... Mahlzeit, Frau Grünkohl! Noch dreizehn ... zwölf ... elf ...«, zählte das Sams oben.
Rau Rotkohl klopfte mit einem Besenstiel von unten gegen die Tischplatte und rief: »Herr Flaschen... äh: Taschenbier, ich verlange ...«
In diesem Augenblick schellte es an der Haustür. Das Sams streckte den ganzen Oberkörper nach unten und rief: »Rotköhlchen, es hat geklingelt. Schnell rennen, nicht pennen! Lauf und mach auf!«
»Das ist ja wohl die Höhe!« Frau Rotkohl war entrüstet. »Mach gefälligst selber auf, du Rotzbengel. Ich lasse mir doch von dir keine Befehle erteilen.«
»Das war gar kein Befehl ...«, begann das Sams.
»Das will ich auch sehr hoffen!«, sagte Frau Rotkohl.
»Von Befehl keine Spur, ich wünsche es nur«, vollendete das Sams den Satz.
»Iiii«, machte Herr Taschenbier halblaut und kratzte sich am Ohr.
»Ach, du wünschst es dir nur«, wiederholte Frau Rotkohl gerührt. »Das war wirklich sehr, sehr nett gesagt; wer kann da widerstehen! Ich eile und öffne.« Schon rannte sie aus der Küche.
»Wer wohl geklingelt hat?«, fragte Herr Taschenbier und lauschte. »Wenn es nun die beiden Polizisten sind und uns verhaften wollen?«
»Am Sonntag verhaftet man nicht«, behauptete das Sams.

»Wenn sie es aber trotzdem sind? Was machen wir dann nur?«, sagte Herr Taschenbier.
»Wir wünschen sie entweder nach Australien oder nach Neuseeland«, schlug das Sams vor. »Was ist denn wohl weiter weg?«
»Australien«, antwortete Herr Taschenbier aufs Geratewohl. Er kannte sich in Geografie auch nicht viel besser aus als ein Sams.
Draußen hörte man die Flurtür zuschlagen und eine Männerstimme sagte: »Guten Morgen, Annemarie. Bist du überrascht? Ja, das bist du. Und dieses Kleid, das du anhast, ist es nicht ganz bezaubernd? Doch, doch, wirklich!«
Herr Taschenbier und das Sams blickten sich auf dem Tisch oben an und lächelten. So redete nur einer.
»Ist es ein bisschen früh für meinen Besuch? Ja, ich fürchte schon«, entschuldigte sich Herr Mon draußen im Flur.
»Aber ich bitte dich, Anton, es ist doch schon zehn Uhr!«, sagte Frau Rotkohl.
Zehn Uhr? Herrn Taschenbier kam eine Ahnung, eine unangenehme Erinnerung. Hatte das Sams vor dem Frühstück nicht gewünscht, dass sie zusammen baden gingen?
Er fragte das Sams: »Wie hieß deine Samsregel?«
»Welche? Es gibt Tausende.«
»Die, in der gesagt wird, wann man morgens zum Baden gehen soll. Hieß es da nicht: Spätestens um …«
»… um zehn« hatte er sagen wollen. Aber die beiden letzten Worte gingen in einem ohrenbetäubenden Lärm unter, der von gekachelten Wänden widerhallte. Es roch plötzlich nach gechlortem Wasser. Kinder in Badehosen

schwammen um sie herum, spritzten sich gegenseitig nass, planschten, schrien, kreischten und lachten. Herr Taschenbier nahm seine Brille ab, fuhr sich über die Augen und setzte sie wieder auf. Es war kein Zweifel möglich: Er und das Sams standen im Nichtschwimmer-Becken eines Hallenbades.
Das Sams schien sich gar nicht sehr zu wundern, fing gleich an zu planschen und mit den Taucherflossen zu wedeln und rief: »Sehr schön gut! Dafür ist mein Anzug genau richtig.«
Das konnte Herr Taschenbier nicht behaupten. Er stand in braunen Halbschuhen und seiner guten Sonntagshose bis zum Bauch im Wasser.
»Wieder so ein verrückter Samswunsch!«, schimpfte er, zog das Hemd aus der Hose und begann es auszuwringen.
»He, Sie! Was Sie da machen, ist nicht erlaubt. Sie können hier nicht mit Hemd, Hose und Schuhen ins Wasser hüpfen!«, sagte ein älterer, weißhäutiger Herr, der am Beckenrand gerade Wassergymnastik machte.
»Meinen Sie mich?«, fragte Herr Taschenbier. »Ich bin nicht gehüpft.«
»Ja, eben. Wo kommen Sie eigentlich so plötzlich her?«
»Von Frau Rotkohls Tisch …«, fing Herr Taschenbier an, stockte aber gleich. Das würde der andere sowieso nicht begreifen. Deshalb sagte er schlicht: »Man hat mich hier hereingewünscht.«
Der ältere Herr guckte Herrn Taschenbier ganz merkwürdig von der Seite an, hörte mit der Wassergymnastik auf, stapfte schnell zur Treppe und stieg aus dem Becken.
Inzwischen waren die Kinder auf das Sams aufmerksam

geworden, umringten es und bewunderten seinen Taucheranzug.
»Bist du ein Taucher?«, fragten sie. »Übst du hier drinnen?«
»Ich muss nicht üben, ich kann schon alles«, behauptete das Sams.
»Tauch doch mal!«, sagte ein kleines Mädchen. »Wie lange kannst du unter Wasser bleiben? Eine Minute?«
»Ich kann stundenlang unter Wasser bleiben, wenn ich es wünsche«, sagte das Sams. Das war nicht gelogen. Vorausgesetzt, es hätte sich das wirklich *gewünscht*.
»Mach doch mal! Zeig doch!«, riefen die Kinder. »Bist du ein richtiger Unterwassertaucher?«
»Ich finde es stocklangweilig, unter Wasser zu tauchen. Das tut heutzutage doch jeder«, sagte das Sams. »Ich bin ein Überwassertaucher. Das ist viel interessanter.«
»Überwassertaucher? Wie geht das denn? Zeig doch mal!«
»Das kann ich nicht hier im Schwimmbecken. Überwassertauchen geht nur über dem Wasser«, sagte das Sams. »Kommt mal mit, ich führ's euch vor.«
Es stieg aus dem Becken, gefolgt von mindestens zehn Kindern, und ging zur Schmalseite des Hallenbads. Dort, am Ende des tiefen Beckens, war der Sprungturm mit dem Einmeter- und dem Dreimeterbrett.
Das Sams legte sich flach auf das Einmeterbrett, wackelte mit den Flossen und machte mit den Armen Schwimmbewegungen.
»Ist das alles? Das soll Überwassertauchen sein?«, fragte das kleine Mädchen. »Das kann doch jeder!«
»Jeder?«, sagte das Sams. »Wenn das angeblich so leicht

ist, warum bin ich dann der einzige Überwassertaucher im ganzen Hallenbad? Oder seht ihr etwa noch einen außer mir!«

Ein weiß gekleideter Mann, der eine Trillerpfeife umhängen hatte, ging am Rand des Schwimmbeckens entlang und kam schnell auf das Sams zu.

»Der Bademeister! Schnell weg hier, der Bademeister kommt!«, schrien die Kinder.

»Bleibt doch da!«, rief das Sams. »Warum lauft ihr weg?«

»Der ist sehr streng«, sagte das kleine Mädchen. »Wenn ein Kind vom Beckenrand ins Wasser hopst, pfeift er sofort und holt es heraus. Dann muss es sich fünf Minuten auf die Bank neben dem Eingang setzen und darf erst danach wieder baden.«

»Das stimmt«, sagte ein Junge. »Wenn man laut ist, schimpft er auch gleich.«
Inzwischen war der Bademeister bei der Kindergruppe angelangt. »Was ist denn hier los?«, wollte er wissen. »Warum liegt der hier auf dem Bauch?«
»Ich liege auf dem Bauche, weil ich trocken tauche«, reimte das Sams.
»Wie bitte?«, fragte der Bademeister.
»Hier findet der erste deutsche Überwassertauchversuch statt«, erklärte ihm das Sams.
»Du denkst wohl, ich lasse mich von so einem Knirps wie dir zum Narren halten! Gleich wirst du tauchen, aber nass.«
Der Bademeister sprang mit beiden Füßen auf das Sprungbrett, auf dem das Sams lag. Das Brett schwang heftig auf und nieder, das Sams wurde hochgeschleudert und landete mit einem gewaltigen Platsch im aufspritzenden Wasser.
Der Bademeister beugte sich über den Beckenrand und guckte, ob das Sams auch wieder wohlbehalten auftauchte. Als es prustend und schnaubend an die Oberfläche kam und zum Beckenrand paddelte, war er beruhigt.
Er sagte zu den umstehenden Kindern: »Man macht sich nicht über mich lustig. Lasst euch das eine Lehre sein!«, drehte sich um und wollte eigentlich weitergehen.
Er blieb aber stehen, denn das Sams im Wasser begann, ihn laut anzusingen: »Bademeister, eingekreister, Bademeister, zugereister, Bademeister, eingeschweißter, Bademeister, Scheibenkleister!«
Alle Kinder lachten.

»Haha, wie witzig!«, schrie der Bademeister. »Dümmere Sprüche fallen dir wohl nicht ein?«
»Dümmere nicht, aber klügere«, rief das Sams und begann laut zu singen:

»Bademeister baden
meistens nur die Waden.
Manche Meister baden auch
ihren Po und ihren Bauch.
Drum kann es gar nicht schaden,
den Meister einzuladen,
mit mir hier zu baden!«

»Warte nur, bis du rauskommst, dann kannst du was erleben!«, schrie der Bademeister mit hochrotem Kopf.
»Warte nur, bis du reinkommst, dann kannst du was erleben!«, rief das Sams. Es guckte sich nach Herrn Taschenbier um. Der war gerade dabei, seine Brillengläser trocken zu reiben, was ihm aber nicht recht gelang. Das Taschentuch, mit dem er es versuchte, war triefend nass.
»Du, Papa, ich habe einen kleinen Wunsch«, sagte es. »Der Bademeister soll bitte schön einen Riesenbauchplatscher machen.«
Es hatte kaum ausgewünscht, da stolperte der Bademeister schon über die eigenen Füße, fiel ins Schwimmbecken und klatschte so ungeschickt auf, dass das Wasser fast bis zur Hallendecke spritzte.
»Das war aber nicht sehr elegant. Da kann mein Papa aber viel besser ins Wasser springen«, rief das Sams den Kindern zu.
Der Bademeister schwamm zur kleinen Leiter am Beckenrand, kletterte hinauf, stand nun wieder auf festem Boden,

besah kopfschüttelnd seine triefend nassen Kleider und kam wohl zu dem Entschluss, dass er sie wechseln sollte. Jedenfalls rannte er tropfend durch eine kleine Seitentür und war verschwunden.
Als auch das Sams wieder hinauskletterte, wurde es von den Kindern mit Lachen und Schulterklopfen empfangen.
»Du hast Glück gehabt, dass er ins Wasser gefallen ist«, sagte ein Junge. »Der war ganz schön sauer über dein Lied.«
Ein anderer fragte: »Was hast du über deinen Vater gesagt? Kann der wirklich so gut springen? Das ist doch der dahinten, oder? Der sieht aber gar nicht danach aus.«
»Warum nicht? Sagt nichts gegen meinen Papa!« Das Sams überlegte kurz, rief den anderen zu: »Wartet mal, gleich bin ich wieder da!«, und rannte auf dem Kachelboden entlang, dass die Taucherflossen platschten.
Herr Taschenbier hatte inzwischen seine nassen Schuhe ausgezogen und war gerade dabei, sie säuberlich am Beckenrand abzustellen, als das Sams bei ihm ankam.
»Könntest du bitte mal kurz tauchen?«, flüsterte es Herrn Taschenbier zu.
»Ganz unter Wasser?«, fragte er. »Da wird meine Brille doch noch nasser.«
»Dann eben nur bis zum Hals«, sagte das Sams.
Als Herr Taschenbier bis zum Kinn ins Wasser eingetaucht war, flüsterte ihm das Sams zu: »Ich wünsche, dass du eine Badehose anhast.«
»Danke!«, sagte Herr Taschenbier und tauchte wieder auf. »Endlich mal ein vernünftiger Wunsch.«
»Ist gern geschehen, Papa.« Das Sams freute sich. »Und

nun möchte ich gerne, dass du mitkommst. Ich will meinen Freunden was zeigen. Jetzt kannst du ja aus dem Wasser steigen, jetzt hast du eine Badehose an.«
»Schön, dass du auch mal was möchtest und nicht immer nur wünschst«, sagte Herr Taschenbier und ging mit dem Sams zu den Kindern, die am Sprungturm warteten.
»Das hier ist mein Papa«, stellte es Herrn Taschenbier vor.
»Wie sieht der denn aus?«, fragte das kleine Mädchen. »Hast du ihn mit Tinte bespritzt?« Es deutete auf Herrn Taschenbiers Wunschpunkte.
»Ja. Ja. Das ist blaue Tinte«, versicherte Herr Taschenbier schnell.
»Warum geht die denn nicht ab, du warst doch im Wasser!«, sagte das Mädchen.
»Das ist wasserfeste Spezialtinte«, sagte das Sams. »Redet doch nicht immer von diesen Punkten. Ihr wolltet doch sehen, wie elegant mein Papa ins Wasser hüpfen kann.«
»Was hast du vor?«, fragte Herr Taschenbier. »Mach keinen Unsinn! Du wirst doch nicht etwa wünschen, dass ich von diesem Brett da hinunterspringe?«
Vorsichtshalber trat er drei Schritte vom Einmeterbrett zurück.
»Nein, Papa. Von dem Sprungbrett da macht es doch gar keinen Spaß, …«
»Na, Gott sei Dank!« Erleichtert trat Herr Taschenbier wieder einen Schritt nach vorn.
»… weil ich mir nämlich wünsche«, fuhr das Sams fort und deutete hinauf zum Dreimeterbrett, »dass du von diesem Sprungbrett da einen eleganten Kopfsprung machst.«

»Um Himmels willen, was für ein Wunsch!«, stammelte Herr Taschenbier. »Hier, nimm mal meine Brille, es geht los!«
Mit zitternden Händen hielt er sich an der weiß lackierten Eisenleiter fest, die auf den Sprungturm führte, stieg Stufe um Stufe hinauf, stand schließlich oben und machte einen zögernden Schritt aufs Brett. Ohne Brille sah er alles nur verschwommen. Als er nun hinunterguckte auf die Wasserfläche, begann sie sich vor seinen Augen immer schneller zu drehen; es war fast schlimmer als vor zwei Tagen auf Frau Rotkohls Hausdach.
Er hatte grässliche Angst und wusste gleichzeitig, dass nichts ihn vor diesem Sprung in die Tiefe retten konnte. So kniff er die Augen zu und sprang.

Gut, dass das Sams ihm wenigstens einen eleganten Kopfsprung gewünscht hatte. Er kam vorbildlich unten auf, schoss unter Wasser und hielt die Luft an. Irgendwann hatte er mal gehört, man müsse nur ein Hohlkreuz machen und die Arme emporstrecken, dann würde man schon wieder auftauchen. Er hielt sich daran, und gerade als ihm die Luft auszugehen drohte, kam er wieder an die Oberfläche und atmete erst mal tief durch.

Jetzt wurde ihm erst so richtig bewusst, was er getan hatte. Außer sich vor Begeisterung, rief er noch im Wasser: »Ich hab's geschafft! Ich bin vom Dreimeterbrett gesprungen! He, Kinder, habt ihr das gesehen?! Ich kann es tatsächlich!«

Er schwamm zum Beckenrand, kletterte schnell hoch, rannte zum Sams, umarmte es, konnte sich immer noch nicht fassen vor Begeisterung und sagte noch einmal: »Wer hätte das gedacht: Bruno Taschenbier ist vom Dreimeterbrett gesprungen!«

Er stupste dem Sams mit der Faust gegen die Schulter: »Und weißt du, was ich jetzt mache? Ich springe gleich noch mal!«

»Halt, Papa, nicht! Ich weiß nicht, ob das so gut geht, ohne Wunschpunkt«, flüsterte ihm das Sams zu. »Hüpf lieber nur vom Einmeterbrett! Oder noch besser, du springst einfach vom Rand in Wasser.«

»Du hast recht«, sagte Herr Taschenbier, nahm einen kleinen Anlauf und sprang. Er landete zwar diesmal nicht sehr elegant und auf dem Bauch, war aber kein bisschen weniger stolz.

Als sie dann später in der Umkleidekabine standen und das Sams erst Herrn Taschenbiers Kleider herbei- und dann trockengewünscht hatte, sagte Herr Taschenbier: »Was für ein herrlicher Sonntag! Jetzt muss ich dich allerdings noch um einen Wunsch bitten. Frau Rotkohl und meinem Freund Anton zuliebe. Zu Hause in der Küche steht doch immer noch dieser Riesentisch. Bitte wünsche ihn wieder kleiner!«

»Wenn du meinst«, sagte das Sams. »Gut, dann wünsche ich es.«

Es passiert manchmal im Leben, das man eigentlich etwas Gutes will und damit etwas Schlimmes anrichtet. So auch hier.

In Frau Rotkohls Küche hatte sich nämlich in der Zwischenzeit Erstaunliches abgespielt.

Als Herr Mon seine Verblüffung über den Monstertisch ein wenig überwunden hatte und sich auf die Suche nach seinem Freund Bruno machte, war der nicht aufzufinden. Obwohl Frau Rotkohl fest behauptete, gerade hätten Herr Taschenbier und das Sams noch auf der Tischplatte gesessen und Würstchen verzehrt.

So kletterte Herr Mon schließlich auf den Tisch und guckte sich oben um.

»Ist es eigentlich recht gemütlich hier oben? Doch, das ist es«, rief er. »Würstchen sind auch noch da. Ob die noch warm sind? Das sind sie tatsächlich. Annemarie, hast du nicht Lust auf ein Picknick? Wäre es schade, wenn das Essen hier oben verdirbt? Doch, äußerst schade.«

Frau Rotkohl stand unentschlossen unter dem Tisch und wartete. Und weil Herr Mon nicht herunterkam, stieg sie hinauf. »Oh, da liegt ja eine Wolldecke. Das ist wirklich recht nett hier.« Sie nahm eine Serviette und begann, die

Lampe abzuwischen. »So ein hoher Tisch ist wirklich praktisch«, stellte sie dabei fest. »Man kommt an Dinge heran, die man sonst nur mit der Leiter erreicht.«
»Annemarie, sollst du heute am Sonntag irgendwelche Lampen abstauben? Nein, sollst du nicht«, sagte Herr Mon. »Setz dich zu mir und picknicke.«
»Essen? *Auf* dem Tisch? Meinst du wirklich?«, Frau Rotkohl zögerte immer noch, gab sich dann einen Ruck, sagte: »Nun, wenn du meinst, lieber Anton«, und ließ sich auf der Decke nieder.
Da saßen sie eine ganze Weile, speisten, unterhielten sich und fanden es gar nicht mehr ungewöhnlich, auf einem Küchentisch ein Picknick zu veranstalten.
Doch gerade als Herr Mon das allerletzte Würstchen mit Frau Rotkohl teilen wollte, gab es einen heftigen Knall, und der Tisch hatte sich mit einem Ruck auf seine ursprüngliche Größe zusammengezogen.
Herr Mon und Frau Rotkohl kugelten von der nun viel zu kleinen Tischplatte, Teller stürzten zu Boden und zerbrachen, das letzte halbe Würstchen rollte über den Boden, unter den Küchenschrank, stieß gegen die Wand und blieb da staubbedeckt liegen.
Frau Rotkohl erhob sich, strich ihr rosarotes Sommerkleid glatt und sagte völlig verdattert: »Ist das der sonderbarste Sonntag, den ich je erlebt habe? Ja, das ist er!«

10. Kapitel
Die Fahrstuhlfrau

Am Montagmorgen klingelte der Wecker um Viertel vor sieben.
Das Sams wurde wach, gähnte laut und rief: »Aufwachen, Papa, umdrehen und weiterschlafen!«
»Weiterschlafen? Wieso das?«, fragte Herr Taschenbier. Er gähnte auch und setzte sich im Bett auf.
»Weil du doch sicher möchtest, dass ich etwas Bestimmtes wünsche!«
»Etwas Bestimmtes?« Herr Taschenbier stieg aus dem Bett. »Was denn?«
»Na, dass heute die Arbeit ausfällt und du mal nicht ins Büro musst.«
»Aber nein. Im Gegenteil!« Herr Taschenbier schlüpfte in den Morgenrock. »Ich habe mich selten so aufs Büro gefreut.«
»Du freust dich auf die Arbeit? Bist du krank?«, fragte das Sams, lief zum Fenster, öffnete es und rief hinaus:

»Holt Arznei und Medizin,
Baldrian und Aspirin,
holt ein Fieberthermometer,
holt den Arzt und zwei Vertreter
und die Schwester sowieso:
Hier freut sich jemand aufs Büro!«

»Lass das bitte!«, sagte Herr Taschenbier und schloss schnell das Fenster. »Sonst nimmt das noch jemand ernst und schickt einen Krankenwagen.«
»Das wäre nicht schlimm, Papa. Dann kann ich wünschen, dass er dich mit Blaulicht und Sirene ins Büro fährt.«
»So schnell muss es nun auch wieder nicht sein. Es genügt, wenn ich fünf vor acht dort bin«, sagte Herr Taschenbier. Er guckte in den Spiegel. »Weil wir gerade vom Wünschen sprechen: Einen Wünschwunsch hätte ich ja. Könntest du nicht etwas gegen meine blauen Punkte tun? Du kannst sie doch ein bisschen kleiner oder wenigstens blasser wünschen.«
»Nein, ich weiß was viel Besseres«, sagte das Sams. »Ich wünsche, dass die Punkte aus deinem Gesicht verschwinden ...«
»Aber nein, halt! Was wünschst du da!«, rief Herr Taschenbier erschrocken. »Vielleicht brauchen wir sie doch noch.«
»... und auf deinem Bauch sind.«
»Das ist gut!« Herr Taschenbier hob die Schlafanzugjacke hoch und betrachtete erleichtert die Punkte auf seinem Bauch. »Ob sie da genauso gut funktionieren wie im Gesicht?«
»Probieren wir's doch aus«, sagte das Sams. »Ich wünsche, dass Papa Taschenbier gewaschen und fertig angezogen ist. – Siehst du, es wirkt. Jetzt kannst du ein bisschen länger mit mir frühstücken und musst dich nicht so beeilen.«
Nach dem Frühstück in der Küche verabschiedete sich Herr Taschenbier.
»Auf Wiedersehen, Sams. Dein Essen steht wie immer im

Kühlschrank. Bis heute Abend!«, sagte er und wollte sich auf den Weg machen. Aber das Sams hielt ihn zurück.

»Können wir das mit dem Essen nicht anders regeln, Papa?«, fragte es. »Ich darf nicht mal drei oder vier Stunden in der Küche sitzen und essen, ohne dass Annemarie kommt und behauptet, nun wär's aber genug.«

»Annemarie!«, sagte Herr Taschenbier. »Fängst du jetzt auch an, Frau Rotkohl zu duzen?«

»*Ich?*«, fragte das Sams. »Nein, *sie* hat damit angefangen. Aber das ist doch jetzt nicht wichtig. Viel wichtiger ist, dass ich mir hiermit einen schönen, großen, eigenen und vor allen Dingen vollen Kühlschrank in unser Zimmer wünsche!«

»Au!«, sagte Herr Taschenbier und fuhr sich mit der Hand

über den Bauch. »Das war mindestens ein schwieriger Wunsch, wenn nicht mehr!«
Das Sams war schon ins Zimmer gerannt, um den neuen Kühlschrank zu bewundern. Er stand nicht sehr passend neben dem Schreibtisch.
»Sehr schön fein«, sagte das Sams, öffnete ihn und fing gleich an zu schimpfen. »Strohdoofe Wünsche, die! Also gut, also gut, ich wünsche genauer: Ich wünsche, einen Kühlschrank, der nicht voll Kohlen ist, sondern voll bester Esssachen. – So ist's schön. Auf Wiedersehen, Papa!«
Das Sams begleitete Herrn Taschenbier bis zur Haustür. Es fing schon wieder mal an zu singen:

»Wiedersehen,
du musst gehen.
Du gehst weg in aller Eile.
Und wer bleibt? Die Langeweile!
Langeweile, Langeweile,
die ich mit dem Kühlschrank teile!«

»Gegen Langeweile gibt es ein ausgezeichnetes Mittel«, sagte Herr Taschenbier. »Nämlich Wunschpunkte!«
»Stimmt, Papa. Manchmal hast du richtig gute Ideen! Ich wünsche, dass es mir heute nicht langweilig wird.«
»Na, siehst du«, sagte Herr Taschenbier und kratzte sich am Bauch. »Dann endgültig auf Wiedersehen. Ich muss jetzt ganz rasch gehen, ich habe heute Morgen noch viel vor!«
»Viel vor? Was denn?«
»Das bleibt mal *mein* Geheimnis!«, sagte Herr Taschenbier und ging schnell weg. Wenn er es dem Sams verraten hätte, wäre es bestimmt wieder eifersüchtig geworden. Herr Ta-

schenbier hatte sich nämlich fest vorgenommen, seinen ganzen Mut zusammenzunehmen und die Fahrstuhlfrau endlich, endlich anzusprechen.
Aber nach den ersten hundert Schritten merkte er, wie sein Mut schon wieder zu schwinden begann. Er blieb stehen.
»Ich weiß gar nicht, warum ich es nicht schaffen sollte«, sagte er sich. »Schließlich hab ich es gewagt, auf ein steiles Hausdach zu klettern, und das um Mitternacht. Da werde ich mich doch getrauen, einer Frau im Fahrstuhl einen Guten Morgen zu wünschen. Außerdem hab ich mich getraut, einen Kopfsprung vom Dreimeterbrett zu machen. Wenn das nicht mutig ist!« Er nickte sich selbst zu. »Heute früh werde ich sie anreden.«
Ganz beschwingt ging er weiter.
»Jetzt muss ich mir nur noch überlegen, was ich sage, wenn ich sie vor dem Fahrstuhl treffen sollte. Vielleicht ein paar Worte über das schöne Wetter? Oder frage ich sie besser, wie sie das Wochenende verbracht hat?«
Inzwischen war er beim Bürohaus angekommen, ohne dass er es richtig merkte, so sehr war er in seine Gedanken vertieft.
Eine Frau ging kurz vor ihm durch die große, gläserne Eingangstür und hielt sie für ihn auf.
»Guten Morgen, Herr Taschenbier«, sagte sie. »Schönes Wetter! Nach so einem Wochenende fällt die Arbeit immer besonders schwer, finden Sie nicht?«
Herr Taschenbier blieb vor freudigem Schreck fast das Herz stehen. Das war sie! Und er redete mit ihr. Ein richtiges, ganz normales Gespräch! Nein, eigentlich redete nur sie. Höchste Zeit, dass er antwortete. Aber was?

Er räusperte sich und sagte: »Guten Morgen.« Das war schon mal nicht verkehrt. »Eigentlich gehe ich in letzter Zeit ausgesprochen gern ins Büro. Ich freue mich sogar darauf.«
»Wirklich?«, fragte sie. »Arbeiten Sie so gerne?«
»Das nicht gerade …«, sagte Herr Taschenbier.
»Und trotzdem freuen Sie sich darauf?«
»Ja. Weil ich Sie da treffe.« Nun war es heraus, und Herr Taschenbier errötete.
»Stimmt das?«, fragte sie. »So was hört man gern.«
Der Fahrstuhl kam, die Aufzugstür öffnete sich automatisch. Herr Taschenbier und die Frau stiegen ein, und der Fahrstuhl fuhr mit ihnen nach oben.
Die Frau betrachtete Herrn Taschenbier und sagte: »Man sieht Ihnen gar nicht an, dass Sie so sportlich sind.«

»Sportlich? Ich? Wieso?«, fragte Herr Taschenbier.

»Ich war gestern mit meiner Freundin im Hallenbad«, erzählte sie. »Gerade als wir reinkamen, sind Sie vom Dreimeterbrett gesprungen, und ich hab zu ihr gesagt: ›Den kenn ich, der arbeitet im Büro neben mir.‹ So einen Sprung brächte ich nie hin. Das war gekonnt!«

»Ach, das meinen Sie«, sagte Herr Taschenbier bescheiden. »Das war doch nicht der Rede wert …«

»Ich geh meistens sonntags mit meiner Freundin schwimmen. Sie auch?«

»Ich? Aber ich habe doch gar keine Freundin.«

Sie lachte. »Ich meinte doch, ob Sie auch gern am Sonntag ins Bad gehen.«

»Ich bin in den letzten Jahren sogar *nur* sonntags schwimmen gegangen«, sagte Herr Taschenbier.

»Oh, wir müssen aussteigen«, sagte sie und deutete zur offenen Fahrstuhltür. »Der Lift hält schon die ganze Zeit, und wir reden und reden und merken es gar nicht.«

Kaum waren sie ausgestiegen, schlossen sich die Türen, der Aufzug setzte sich wieder in Bewegung und fuhr nach unten.

Herr Taschenbier guckte sich verblüfft um. »He, wir sind im vierten Stock!«, sagte er. »Wir sind aus Versehen drei Etagen zu weit gefahren. Haben Sie nicht den ersten Knopf gedrückt?«

»Ich hab auf überhaupt keinen Knopf gedrückt, ich dachte, Sie hätten es getan«, sagte sie lachend. »Wissen Sie was? Wir gehen einfach die Treppe runter.«

Herr Taschenbier ging neben ihr her, blickte sie an und fragte: »Haben Sie nicht andere Haare als letzte Woche?«

»Nein, es sind immer noch dieselben«, antwortete sie und lachte schon wieder. »Aber die Frisur ist anders. Meine Freundin hat mir gestern die Haare geschnitten. Eigentlich wollte ich's nicht ganz so kurz und nicht ganz so igelig. Ich hab mich aber schon fast daran gewöhnt. Wie finden Sie's?«

»Mir gefällt es sehr gut«, sagte Herr Taschenbier. »Es sieht ein bisschen wie beim Sams aus.«

»Beim Sams? Was ist das denn?«, wollte sie wissen.

»Das ist nicht einfach zu erklären«, sagte Herr Taschenbier. »Vielleicht haben Sie es sogar gesehen. Es war mit mir baden.«

»Ach, das rothaarige Kind im Taucheranzug? Gehört das Ihnen? Sind Sie verheiratet?«

»Nein, nein, nein«, sagte Herr Taschenbier. »Es ist kein Kind, sondern ein Sams, es gehört nicht mir, höchstens zu mir, und ich bin nicht verheiratet.«

»Das hört sich wirklich sehr schwierig an«, gab sie zu.

Inzwischen waren sie im ersten Stock angelangt und blieben noch einen Augenblick vor dem Büro stehen.

»Wenn Sie möchten, kann ich es Ihnen mal ganz ausführlich erklären«, sagte Herr Taschenbier. »Was machen Sie eigentlich immer in der Mittagspause? Wo gehen Sie essen?«

»Ich esse hier«, sagte sie. »Ich bringe mir meistens einen Salat von zu Hause mit. Und Sie? Was machen Sie?«

»Ich gehe immer in den ›Grünen Baum‹, schon seit Jahren«, antwortete er. »Die haben da übrigens einen sehr, sehr guten Salat!«

»Ich kann ihn ja mal ausprobieren«, sagte sie. »Wann machen Sie Mittagspause?«

»Von halb eins bis halb zwei.«
»Dann bis halb eins!« Sie nickte ihm lächelnd zu und ging zur Tür.
Herr Taschenbier rief ihr nach: »Halt, einen Augenblick bitte! Ich weiß immer noch nicht, wie Sie heißen.«
»März, wie der Monat«, sagte sie und schloss die Tür.
Herr Taschenbier blieb ganz verzückt vor ihrer Tür stehen, schüttelte den Kopf und sagte: »Ich kann's gar nicht fassen! Ich hab richtig mit ihr geredet. Ich hab mich getraut!«
Und obwohl Herr Oberstein gleich eine ärgerliche Bemerkung über das Zuspätkommen machte, war Herr Taschenbier den ganzen Vormittag über bestens gelaunt und summte beim Rechnen vor sich hin.
Punkt halb eins legte er den Bleistift beiseite und ging mit Frau März in den »Grünen Baum«.
Er kam allerdings kaum dazu, etwas zu essen, denn er redete die ganze Zeit. Er erzählte ihr alles vom Sams. Wie das Sams mit ihm gekommen und einfach »Papa« zu ihm gesagt hatte. Damals war es noch so klein gewesen, dass er es in seinen Rucksack stecken und in die Wohnung schmug-

geln konnte, und hatte große, blaue Punkte im Gesicht gehabt. Es hatte alles gegessen, was ihm vor die Rüsselnase kam, und weder vor Krawatten noch Papierkörben haltgemacht. Jetzt passte es in keinen Rucksack mehr, denn es war schon so groß wie ein achtjähriges Kind. Jetzt nagte es auch keine Stuhlbeine oder Plastikkörbe mehr an. Denn nun aß es am liebsten Würstchen mit Senf.
Dass er nun selbst blaue Punkte auf dem Bauch hatte, erzählte Herr Taschenbier allerdings nicht. Das wäre ihm zu peinlich gewesen.
Als sie gemeinsam zum Bürohaus zurückkehrten, war es schon Viertel vor zwei geworden. Und obwohl Herr Oberstein eine noch schärfere Bemerkung wegen des Zuspätkommens machte als am Vormittag, war Herr Taschenbier den ganzen Nachmittag noch besser gelaunt als am Morgen.
Am Abend kam er in bester Stimmung zu Hause an. Diesmal schaffte er es sogar, die sieben Eingangsstufen mit nur zwei Sätzen hinaufzuspringen, rannte im Flur fast Herrn Mon um, der dort gerade versuchte, seinem Papagei das Rollschuhfahren beizubringen, begrüßte Herrn Mon und den Papagei, winkte Frau Rotkohl durch die Küchentür zu, stürmte in sein Zimmer und rief: »Hallo, Sams! Wie war dein kurzweiliger Tag?«
»Sehr schön gut«, sagte das Sams. »Ich habe Jahrmarkt gespielt und für dich was gebaut. Ich beginn', du setzt dich hin. Setz dich schnell aufs Bettgestell! Sei ganz Ohr, ich führ's dir vor.«
»Willst du denn nicht hören, wie *mein* Tag war?«, fragte Herr Taschenbier und setzte sich aufs Bett. »Der war nämlich auch nicht gerade langweilig!«

»Später, Papa, später!«, sagte das Sams. »Jetzt spielen wir erst das Angelspiel. Hier, nimm mal!« Damit drückte ihm das Sams die Enden von mindestens zwanzig Schnüren in die Hand. »Halt sie gut fest!«
Nun guckte sich Herr Taschenbier erst richtig im Zimmer um: Quer durch den ganzen Raum waren Schnüre gespannt. Sie hingen über dem Schrank und von der Lampe, waren durch Vorhangringe und Stuhllehnen gezogen, stiegen an der einen Regalseite hinauf und an der anderen wieder hinab und verschwanden irgendwo hinter dem Schreibtisch oder unter dem Sessel, waren um den Fenstergriff geschlungen, über Tisch und Stühle gelegt und endeten in Schubladen, im Papierkorb oder zwischen zwei dicken Büchern im Regal.
Herr Taschenbier saß da und staunte.
Das Sams stellte sich auf seinen Kühlschrank, verbeugte sich und begann wie ein Ausrufer auf dem Jahrmarkt seine Angelspiel-Anlage anzupreisen:
»Kommen Sie, meine Damen und Herren, kommen Sie und spielen Sie. Das Angelspiel, einmalig und unvergleichlich, das einzige seiner Art in der ganzen Welt! Ein Hauptpreis und sieben Nebenpreise warten auf Sie! Wählen Sie und ziehen Sie!«
Es beugte sich zu Herrn Taschenbier hinunter und flüsterte: »Jetzt musst du an einer Schnur ziehen, Papa!«
Herr Taschenbier nahm eine der Schnüre von der linken in die rechte Hand und zog. Das andere Ende kam hinter dem Schreibtisch in die Höhe, eine alte Konservendose hing daran.
»Wollen wir doch mal sehen, was das Glück Ihnen ge-

bracht hat«, rief das Sams und griff in die Dose. »Ist es der Hauptgewinn, der zweite Preis, der dritte?! Nein, es ist nur ein Trostpreis: ein Kugelschreiber, leider zerbrochen und ohne Mine. Bestimmt klappt es beim nächsten Mal besser. Ziehen Sie nur an der Schnur! Nur gewagt! Nicht verzagt! Wer weiß, wer weiß, vielleicht kommt jetzt der erste Preis!«

Herr Taschenbier zog an einer zweiten Schnur. Über dem Regal tauchte eine Tüte auf. Das Sams griff hinein, holte eine dunkelgraue Socke heraus und rief: »Herzlichen Glückwunsch zum dritten Preis: eine Herrensocke, nur leicht gebraucht. Beifall, meine Damen und Herren, Beifall für den Gewinner!«

Es beugte sich zu Herrn Taschenbier hinab, überreichte ihm mit spitzen Fingern die Socke und flüsterte: »Jetzt musst du klatschen, Papa!«

»Wie kann ich denn klatschen, wenn ich die Schnüre halten soll?«, sagte Herr Taschenbier.

»Hm, daran habe ich nicht gedacht.« Das Sams überlegte. »Na gut, dann kriegst du eben gleich den Hauptpreis. Zieh mal an dieser Schnur hier!«

Herr Taschenbier tat es. Unter dem Sessel kam eine Papprolle hervor, aus der das Sams eine zusammengeknüllte Zeitung zog.

»Herzlichen Glückwunsch!«, rief es. »Der Gewinner erhält die heutige Tageszeitung mit einer wichtigen Meldung.«

Es überreichte Herrn Taschenbier die Zeitung und flüsterte: »Wir stehen auf Seite drei!«

Herr Taschenbier ließ die übrigen Schnüre los, schlug die Zeitung auf, fand eine rot angestrichene Notiz und las:

»Mysteriöses Verschwinden. Drei Touristen aus Hamburg sind am Samstag von einer Stadtbesichtigung nicht zurückgekehrt. Nachdem die Reisegesellschaft mehrere Stunden vergeblich auf die drei Ausflügler gewartet hatte, entschloss man sich, die Behörden einzuschalten. Die Polizei steht vor einem Rätsel. Von den dreien fehlt bis jetzt jede Spur. Ein Gewaltverbrechen ist nicht auszuschließen.

Zeugen wollen die drei Hamburger zuletzt in Gesellschaft eines etwa fünfunddreißigjährigen Mannes gesehen haben. Dieser wird wie folgt beschrieben: schlank, dunkelhaarig, Brillenträger, sonst keine auffälligen Kennzeichen. Die Polizei fahndet nach diesem Mann bereits im Zusammenhang mit einer anderen Straftat. Er soll sich meist in Begleitung eines rothaarigen Kindes befinden, das dadurch auffällt, dass es einen Taucheranzug trägt. Sachdienliche Hinweise nimmt jede Polizeistelle entgegen.«

Herr Taschenbier ließ die Zeitung sinken. »Um Himmels willen, wir werden von der Polizei gesucht! Was hast du nur mit den dreien gemacht? Was hast du eigentlich am Samstag genau gewünscht?«

»Dass sie dahin verschwinden, wo sie hergekommen sind! Ich weiß auch nicht, wie der Wunsch das wieder aufgefasst hat.«

»Was sollen wir nur tun? Man wird uns verhaften. Vielleicht schon morgen.« Herr Taschenbiers gute Laune war längst verflogen. »Mein Gott, was wird Frau März dazu sagen!«

»Frau März? Wer ist das denn?«, fragte das Sams.

»Die Frau aus dem Fahrstuhl«, erklärte ihm Herr Taschenbier.

»Hab ich's mir doch gedacht! Du kennst sie wohl jetzt näher, diese … diese Frau Februar.«

»*März*«, verbesserte Herr Taschenbier. »Ja, wir haben uns heute lange unterhalten. Ich finde sie ungemein freundlich und sehr, sehr liebenswert.«

»Wie schön«, sagte das Sams. »Vielleicht besucht sie dich ja mal im Gefängnis.«

»Mach du nur Witze!« Herrn Taschenbier war wirklich

nicht nach Lachen zumute. »Was sollen wir nur tun? Man darf uns auf keinen Fall mehr zusammen auf der Straße sehen, sonst werden wir gleich festgenommen. Schlimm! Dabei hat dieser Tag doch so gut angefangen, ...«

»Stimmt«, sagte das Sams. »Mit einem ganzen Kühlschrank voller Essen!«

»... ist so gut weitergegangen, ...«

»Stimmt. Ich hab den ganzen Nachmittag das Angelspiel gebaut und mich kein bisschen gelangweilt.«

»... und nun endet er *so* schlimm!«

»Stimmt nicht! Weil er nämlich noch gar nicht zu Ende ist. Jetzt werden wir schön essen, uns ein neues Kartenspiel wünschen, ›Sechsundsechzig‹ spielen und dabei Himbeersaft trinken. Was soll daran schlimm sein?«

»Und wenn sie uns morgen ins Gefängnis stecken?!«

»Dann haben wir trotzdem einen schönen Abend gehabt«, sagte das Sams. »Mit Essen, Trinken, Spielen und mit Singen.«

»Singen? Ich glaube nicht, dass ich heute singen will!«

»Aber ich!«, sagte das Sams:

»Das Abendessen
nicht vergessen,
den Himbeersaft
rangeschafft!
Dann sollen auch die Karten
nicht länger auf uns warten.
Mein lieber, guter Magen,
der soll sich nicht beklagen.
Mein lieber, guter Magen,
kann ja so viel vertragen.«

11. Kapitel
Ein Ausflug zu dritt

In der Nacht hatte sich Herr Taschenbier lange Zeit schlaflos im Bett von der einen Seite auf die andere gedreht.
Als nun der Wecker rasselte, kam es ihm vor, als sei er eben erst eingeschlafen. Müde setzte er sich auf und gähnte.
Davon wurde auch das Sams wach, das beim Weckerklingeln friedlich weitergeschlummert hatte. Es sprang aus dem Bett, reckte sich und begann zu singen:

»Ach, wie wird das Leben schön,
wenn wir ins Gefängnis gehn.
In der kleinen, engen Zelle
rührt sich keiner von der Stelle,
und dann wünsche ich von dir:
›Voller Kühlschrank, komm zu mir!‹
PENG! Schon steht der Kühlschrank dort.
Ist er leer, wünsch ich uns fort.«

»So einfach wird das nicht sein«, sagte Herr Taschenbier. »Wahrscheinlich werden sie uns nicht einmal zusammen in eine Zelle sperren. Und wenn ich deine Wünsche nicht höre, können sie auch nicht in Erfüllung gehen.«
»Gut, dann gehen wir eben nicht ins Gefängnis, sondern lieber frühstücken«, schlug das Sams vor.
Damit war Herr Taschenbier gleich einverstanden.
Als er später als an jedem Morgen die Krawatte umgebun-

den und die Schnürsenkel zugebunden hatte, danach seine leichte Sommerjacke angezogen und die Aktentasche unter den Arm geklemmt hatte, sagte er zum Sams: »Bitte, bleib heute in der Wohnung, geh nicht auf die Straße! Dein Taucheranzug ist wirklich zu auffällig.«

»Nicht auf die Straße? Zu auffällig? Hm, und wenn ich mir einfach was anderes zum Anziehen wünsche?«, schlug das Sams vor.

Herr Taschenbier war sehr angetan von diesem Vorschlag. »Das wäre gut. Vielleicht blaue Jeans?«

»Nein, nein, so was trägt doch jeder«, sagte das Sams. »Ich will eine gemusterte Hose.«

»Na schön, dann wünsch sie dir.«

Das Sams zog den Taucheranzug aus, hängte ihn über die Stuhllehne und sagte: »Ich wünsche mir eine Hose, wie ich sie mag.«

Im nächsten Augenblick steckte es schon in einer weiten Pluderhose mit Würstchenmuster, guckte in den Spiegel, grinste sich an und nickte zufrieden.

Herr Taschenbier war weniger zufrieden. »Die ist aber nicht gerade unauffällig!«

»Nicht unauffällig, aber gefällig«, sagte das Sams. »Jetzt wünsche ich mir noch ein grünes Hemd mit blauen Punkten, das passt zu einem Sams. Und noch ein Paar extrabreite Schuhe. So, genug gewünscht. Viel Spaß im Büro, Papa!«

Auf der Straße hätte Herr Taschenbier am liebsten den Jackenkragen hochgeschlagen, um sein Gesicht zu verdecken. Aber es war ein heißer Sommermorgen, und er sagte sich, dass er damit eher auffallen würde als so. Darum ließ er es.

Herr Taschenbier ging schneller als sonst, lief fast und guckte von Zeit zu Zeit vorsichtig hinter sich. Er hätte sich nicht gewundert, wenn ihm die Polizei schon auf der Spur gewesen wäre. Jeden Augenblick erwartete er, dass sich ihm eine schwere Hand auf die Schulter legte: »Taschenbier, Sie sind hiermit verhaftet!«
Als er an einem Zeitungsstand schon vorbeigestürmt war, stutzte er, hielt an und rannte zurück. Die Schlagzeile einer ausgehängten Zeitung war ihm aufgefallen. »*Vermisste Hamburger wohlbehalten aufgefunden*« stand da.
Er kaufte sofort die Zeitung und las im Weitergehen die ganze Meldung. Sie war kurz und besagte, dass die drei Touristen erst am Montag aus der Zeitung erfahren hätten,

dass fieberhaft nach ihnen gesucht würde. Sie seien bereits am Samstag auf recht unerklärliche Weise nach Hamburg zurückgekehrt. Damit habe sich der Fall auf glückliche Weise gelöst, und die Polizei könne sich wichtigeren Dingen zuwenden.

»Juhu!«, rief Herr Taschenbier, machte einen Luftsprung und begann wieder loszurennen. Diesmal aber nicht aus Furcht, sondern vor Begeisterung. Der Zeitungsverkäufer beugte sich aus seiner Bude und schaute ihm kopfschüttelnd nach.

Herr Taschenbier rannte den ganzen Weg, hopste zwischendurch auf einem Bein wie ein Kind, stieg sogar auf ein Gartenmäuerchen, balancierte mit weit ausgestreckten Armen darauf entlang und konnte sich kaum fassen vor lauter Erleichterung.

So traf ihn Frau März, die auch gerade beim Bürohaus ankam.

»Guten Morgen, Herr Taschenbier«, rief sie und lachte. »Sie scheinen ja gute Laune zu haben. Freuen Sie sich so aufs Büro?«

»Hallo, Frau März«, sagte er und sprang von der Gartenmauer. »Sie können sich gar nicht vorstellen, wie gut es mir seit fünf Minuten geht. Und jetzt, wo ich Sie sehe, geht's mir sogar *noch* besser. Nur aufs Büro freue ich mich kein bisschen, es kommt mir vor wie ein Gefängnis. Am liebsten würde ich heute schwänzen.«

»Schwänzen? Da haben Sie recht. Ich auch«, gab sie zu.

Herr Taschenbier war so glücklich und so mutig wie selten zuvor. Er fasste Frau März einfach an der Hand und sagte: »Dann lassen Sie uns das doch machen! Wir vergessen das

Büro und unsere Herren Chefs und gehen spazieren. Wie finden Sie das?!«
Sie zögerte. »Ich fände es herrlich. Aber was sagt mein Chef, wenn ich unentschuldigt fehle? Ich weiß nicht …«
»Ich verspreche Ihnen, dass er nicht schimpft. Kommen Sie mit, bitte!«
»Na gut, überredet!«, sagte sie. »Dann aber schnell los, bevor er uns hier noch sieht.«
Sie liefen zusammen weg. Nach einigen Schritten merkte Herr Taschenbier, dass er immer noch ihre Hand gefasst hielt. Da sie nichts dagegen zu haben schien, ließ er sie auch dann nicht los, als sie in einem Park angekommen waren, aufhörten zu laufen und langsam weiterschlenderten.

»Wie wollen Sie das machen, dass mein Chef nicht schimpft?«, fragte sie. »Wollen Sie mich bei ihm entschuldigen?«

»Nein, nein, etwas ganz anderes«, sagte er. »Wir gehen jetzt zu mir nach Hause, ich brauche nämlich das Sams dazu.«

Das Sams wunderte sich sehr, als Herr Taschenbier nach so kurzer Zeit wieder bei ihm ankam, und das in Begleitung einer Frau.

»Hast du denn heute frei, Papa?«, fragte es. »Oder holst du nur deine Kleider ab fürs Gefängnis? Ist das eine Polizistin?«

»Das ist Frau März«, stellte Herr Taschenbier sie vor. »Und mit der gemütlichen Gefängniszelle ist es auch nichts. Du hattest die Hamburger nämlich nach Hamburg gewünscht, sie sind wieder da.«

»Hallo, guten Tag«, sagte Frau März. »Du bist also das Sams. Eine originelle Hose hast du da an!«

»Ja, mit 88 Würstchen drauf, ich hab sie gezählt. Jedes einzelne«, sagte das Sams. »Und du bist die Frau mit der Nase aus dem Fahrstuhl.«

»Wie bitte?«, fragte sie und schaute Herrn Taschenbier an.

Herr Taschenbier wurde ein wenig verlegen, lenkte schnell ab und sagte leise zum Sams: »Ich habe eine große Bitte: Könntest du wünschen, dass heute bei Frau März und bei mir die Arbeit ausfällt?«

»Nur, wenn wir dann zusammen einen Ausflug machen. Alle drei!«

»Von mir aus schon …«, sagte Herr Taschenbier und schaute Frau März an.

»Ich hab auch nichts dagegen«, sagte sie.
»Na gut, ich wünsche es«, sagte das Sams.
Frau März fragte Herrn Taschenbier besorgt: »Haben Sie Magenschmerzen?«
»Ich? Warum?«
»Weil Sie das Gesicht verziehen und sich über den Bauch streichen.«
»Nein, nur so eine Art Kribbeln. Wie ein Wespenstich.«
Das Telefon klingelte. Bevor Frau Rotkohl aus dem Wohnzimmer kommen und den Hörer abheben konnte, war Herr Taschenbier schon dran.
Das Sams und Frau März hörten gespannt zu, denn am anderen Ende der Leitung sprach offenbar Herr Oberstein.
»Ja, Chef … ja … ja, ja. Bedauerlich, ja … mhm … Und im Büro nebenan? Ach nein, das ganze Stockwerk geräumt! So was! … Ja, natürlich … Ja, ja … Auf Wiedersehen, Herr Oberstein, bis übermorgen!«, hörten sie.
Herr Taschenbier legte den Hörer auf und kam strahlend zu Frau März. »Im Bürohaus hat sich leider ein Wasserrohrbruch ereignet«, erzählt er. »Der ganze erste Stock steht unter Wasser und muss leer gepumpt werden. Heute und morgen fällt die Arbeit aus.« Er lachte. »Leider!«
»Hat sich Herr Oberstein denn nicht gewundert, dass er Sie um diese Zeit zu Hause erreicht hat?«, fragte sie.
»Nein. Der Zugang zum ersten Stock ist gesperrt. Er hat sich schon gedacht, dass ich wieder nach Hause gegangen bin, und wollte nur sagen, dass auch morgen frei ist. – Dann kann also der gemeinsame Ausflug gleich losgehen!«

»So ein Zufall!«, sagte Frau März kopfschüttelnd. »Wenn ich's nicht selbst erlebt hätte, würde ich's nicht glauben.«
Den ganzen Vormittag und den halben Nachmittag gingen die drei spazieren und unterhielten sich. Besser gesagt, Frau März unterhielt sich mit Herrn Taschenbier, während das Sams Tauben aufjagte, Mülltonnen untersuchte, mit Radfahrern um die Wette rannte oder Fußgänger erschreckte, indem es ihnen hinterherschlich und plötzlich wie ein Auto hupte.
Schließlich hatten alle drei Hunger und gingen in ein Ausflugs-Café am Stadtpark.
Das Sams setzte sich an den einzigen freien Tisch, streckte die Beine von sich und fing an zu singen:

»Scheint die Sonne heiß wie heute,
esse ich nur Eis, ihr Leute.

Scheint die Sonne nicht so warm,
ess ich eine Wurst samt Darm.
Scheint die Sonne aber nicht,
esse ich nicht *ein* Gericht,
sondern zwei und auch mal drei.
Da wird's mir wieder warm dabei.«

Die Leute an den Nebentischen lachten.

Herr Taschenbier fragte: »Musst du immer so laut singen?! Überleg lieber, was du bestellen willst.«

»Na gut«, sagte das Sams. »Dann bestelle ich mir sechs Eisbecher mit Sahne.«

»Gleich sechs?«, fragte Frau März lachend. »Ist das nicht ein wenig übertrieben? Dein Herr Taschenbier ist doch kein Millionär.«

»Dann wünsche ich mir eben, dass die sechs Eisbecher nichts kosten.«

Frau März sagte: »Es wäre schön, wenn's das gäbe. Aber kostenlose Eisbecher wirst du nirgends finden.«

Der Kellner kam zusammen mit dem Geschäftsführer schnurstracks zu ihrem Tisch.

»Siehst du, das hast du nun von deiner Singerei«, flüsterte Herr Taschen bier. »Bestimmt schicken sie uns wieder weg.«

Der Geschäftsführer blieb neben ihrem Tisch stehen, klatschte in die Hände und rief: »Liebe Gäste, darf ich kurz um Ihre Aufmerksamkeit bitten? Vielleicht haben Sie ja unser Inserat in der Zeitung gelesen: Wir feiern heute unser fünfundsiebzigjähriges Geschäftsjubiläum. Deshalb hat jeder fünfundsiebzigste Gast freie Auswahl bei den Speisen und Getränken, und hier sind gerade die Gäste Nummer 74, 75 und 76 eingetroffen.«

Er deutete zum Tisch, an dem die drei saßen. »Darf ich vorschlagen, dass der Kleine hier sich etwas Kleines, Leckeres aussucht, ja?«
»Ja, das darfst du«, sagte das Sams.
»Und was wünscht sich der Kleine?«
»Eisbecher«, sagte das Sams.
»Eisbecher? Selbstverständlich«, rief der Geschäftsführer. »Liebe Gäste, Sie sehen, wir halten unser Versprechen. Soeben hat sich der fünfundsiebzigste Gast für einen freien, kostenlosen Eisbecher entschieden.«
Leise sagte er zum Kellner: »Nun gehen Sie schon und holen einen kleinen Eisbecher, unseren billigsten.«
»Eisbecher mit Früchten!«, rief das Sams.
Der Kellner, der schon losgegangen war, kam zum Tisch zurück.
»Na gut, meinetwegen mit Früchten«, sagte der Geschäftsführer mit säuerlichem Lächeln.
»Und mit Sahne!«, ergänzte das Sams.
»Mit Sahne?«
»Ja. Und mit Schokoladenstreusel!«
»Schokoladenstreusel?!«
»Und einer extragroßen Eiswaffel!«, sagte das Sams. »Und dann noch mit so einem kleinen Papierschirm, wie ihn das dicke Kind da drüben auf seinem Eis hat.«
Es deutete zum Nachbartisch.
»Ich höre wohl nicht recht!«, rief der Geschäftsführer. »Du möchtest einen kostenlosen Eisbecher mit Sahne, Früchten, Schokoladenstreusel, Eiswaffel und Papierschirmchen?!«
»Wieso *einen*?«, sagte das Sams. »Ich wünsche mir sechs von der Sorte. Aber bitte schnell!«

Der Kellner, der bis jetzt stumm danebengestanden hatte, notierte sofort auf seinem Bestellblock: »Sechs Eisbecher, Sonderausführung.«
Der Geschäftsführer fasste ihn am Arm und rief: »Nun kommen Sie schon, schnell, schnell! Haben Sie nicht gehört, was der Kleine gesagt hat!« Und beide rannten nebeneinander zur Eistheke, um die Eisbecher zu holen.
Später, als alle Eisbecher leer gelöffelt in einer Reihe auf dem sahnebekleckerten Tisch standen, sagte Frau März zum Sams: »Ich kann einfach nicht glauben, dass dies alles Zufall sein soll. Erst der freie Tag, jetzt die Eisbecher: Da steckt doch was dahinter!«
»Wohinter? Dahinten?«, fragte das Sams und drehte sich um. »Ich sehe nichts.«
»Du verstehst mich schon, du willst nur nichts verraten. Erzähl mir wenigstens ein bisschen was von dir. Ich weiß nicht einmal, ob du ein Junge oder ein Mädchen bist.«
Das Sams verzog das Gesicht. »Ich bin kein Kind, das müsstest du doch längst gemerkt haben. Ich bin ein Sams!«
»Und was ist das genau?« Sie guckte lächelnd Herrn Taschenbier an und sagte: »Sie haben es mir schon zu erklären versucht. Ich hab's trotzdem nicht verstanden.«
»Ein Sams ist ein Sams und sonst gar nichts«, erklärte das Sams.
»Hm. Sehr auskunftsfreudig scheinen Samse nicht zu sein, so viel hab ich begriffen. Verrätst du mir wenigstens, wie alt du bist?«
»Drei!«
»Was, erst drei Jahre?«

»Nein, drei Monate. Im Mai bin ich zu Papa Taschenbier gekommen, und jetzt haben wir August.«
»Und was war vorher? Gab's dich vorher auch schon?«
»Klar, natürlich, allerdings!«, sagte das Sams. »Und wie!«
»Wie lange denn schon?«
»Solange es Samstage gibt.«
»Aber die gibt's doch schon seit mehr als hundert Jahren!«
»Viel, viel länger!«, sagte das Sams. »Und viel, viel länger mag ich hier auch nicht sitzen und mich ausfragen lassen.« Es stand auf. »Samsregel zweihundertdrei: Viele Fragen und vieles Sitzen bringen selbst ein Sams zum Schwitzen!«
Auf dem Rückweg durch den Park ging das Sams neben Frau März, betrachtete sie lange von der Seite und sagte schließlich: »Ich will dich auch was fragen, Frau April.«
»Frau *März*«, wollte sie erst verbessern, ließ es aber und antwortete: »Dann frag mich nur, liebes Sonn.«
»Nicht Sonn wie Sonntag, sondern Sams wie Samstag!«, verbesserte das Sams.
»Entschuldige bitte«, sagte sie und grinste. »Wie konnte ich das nur verwechseln!«
Das Sams grinste zurück. »Ach, das kann schon mal vorkommen, Frau März. Ich möchte dich aber allein fragen, ohne dass Papa Taschenbier zuhört.«
»Was sollen diese Heimlichkeiten!«, protestierte Herr Taschenbier. »Warum soll ich das nicht hören?«
»Warum? Weil ich es wünsche«, antwortete das Sams.
»Ach so, das kann ich gut verstehen«, sagte Herr Taschenbier und setzte sich gleich auf eine Parkbank. »Geht ihr nur voraus, ich komme bald nach, ja?«
Im Weitergehen drehte sich Frau März verwundert nach

Herrn Taschenbier um, der ihr von seinem Platz aus freundlich zuwinkte, und fragte das Sams: »Macht Herr Taschenbier eigentlich immer alles, was du willst?!«
»Nicht alles. Er erfüllt mir nur manchmal einen kleinen Wunsch«, sagte das Sams. »Aber jetzt stellst ja schon wieder du die Fragen. *Ich* wollte das doch tun!«
»Dann fang an!«
»Magst du Herrn Taschenbier auch?«, fragte es. »Findest du ihn auch ›liebenswert‹ oder so was?«
»Warum ›auch‹? Was meinst du damit?«, fragte sie zurück. »Was hat er denn von mir erzählt?«
Das Sams merkte, dass es sich verplappert hatte, und behauptete einfach: »Ich sagte ›auch‹, weil ich ihn doch auch mag.«
»Ach, so war das gemeint.« Frau März schien enttäuscht zu sein. »Was soll ich dir dazu sagen? Ich kenne ihn ja kaum.« Sie dachte ein wenig nach. »Hm. Ich glaube, ich mag ihn schon ...«
»Das habe ich befürch... äh ... geahnt«, sagte das Sams. »Ich muss dich aber vor ihm warnen. Er ist nämlich *sehr* schüchtern. Das mögen Frauen doch nicht, oder?«
Sie bekam einen Lachanfall. »Schön, dass du so genau weißt, was Frauen mögen. Aber stell dir vor: Ich mag schüchterne Männer! Angebertypen sind mir zuwider.«
»Angebertypen?«, fragte das Sams. »Wie sind die denn? Was machen die denn? Erzähl's mir!«
»Wie soll ich dir das erklären? Das ist nicht einfach ...«
»Versuch's halt!«, bat das Sams.
»Sie sind zum Beispiel fürchterlich stolz auf ihre Muskeln und ...«

»Danke, das genügt schon. Warte, gleich bin ich wieder da!«, rief das Sams und rannte zu Herrn Taschenbier zurück.

Es fasste ihn bei der Hand, zog ihn mit sich: »Komm wieder zu uns, Papa! Ich habe nämlich einen kleinen Wunsch …«

»Schon wieder?«, fragte Herr Taschenbier misstrauisch. »Was ist es denn diesmal?«

»Ich wünsche, dass du fürchterlich stolz auf deine Muskeln bist!«

»Auf die kann ich auch mit Recht stolz sein«, behauptete Herr Taschenbier gleich. »Ich glaube nicht, dass außer mir noch jemand solche Muskeln hat. Da ist zum Beispiel …«

»Halt! Warte! Erzähl das nicht mir, sondern Frau März. Die interessiert sich bestimmt brennend dafür!«

»Wenn du meinst«, sagte Herr Taschenbier.

Inzwischen hatten sie Frau März eingeholt. »Wir haben gerade über Muskeln gesprochen«, erzählte ihr Herr Taschenbier eifrig. »Wollen Sie mal sehen, auf welche ich besonders stolz bin?!«

»Da bin ich aber gespannt«, sagte sie.

»Hier, gucken Sie mal auf mein Ohr! Sehen Sie?«

»Sie können ja richtig toll mit den Ohren wackeln!«, rief sie. »Das ist vielleicht witzig! Bitte, machen Sie das doch noch einmal!«

»Anton Mon und ich waren die Einzigen in unserer Klasse, die das konnten«, sagte Herr Taschenbier stolz und wackelte mit den Ohren. »Meine Ohrmuskeln sind wohl besonders gut ausgebildet. Es gibt aber noch ein Kunststück;

das konnte ich als Einziger an der ganzen Schule. Gucken Sie mal: Ich kann mit der Zungenspitze meine Nase erreichen. Das ist gar nicht leicht. Versuchen Sie's doch mal!«
Sie wollte es Herrn Taschenbier nachmachen, schaffte es aber schon deshalb nicht, weil sie dabei immer lachen musste.
»Das sieht ja vielleicht komisch aus!«, sagte sie. »Ich kann auch ein Kunststück: Ich kann die Zunge einrollen. So!«
Ein alter Mann, der gerade seinen Hund an der Leine spazieren führte, hielt an, schaute den beiden neugierig zu und sagte: »Das ist ja ganz nett. Aber jetzt zeig ich Ihnen mal was, das kann bestimmt keiner von Ihnen! Würden Sie mal kurz die Hundeleine halten? So, und jetzt gucken Sie meine Daumen an! Na, wie finden Sie das? Ist doch sensationell, oder?«
Eine Frau mit zwei Kindern an der Hand blieb stehen und guckte belustigt zu.

»Ganz erstaunlich! Mit dieser Nummer könnten Sie im Fernsehen auftreten«, sagte sie zum alten Mann. »Jetzt müssen Sie sich aber mal ansehen, was mein Jüngster kann! Dabei ist er erst fünf.«
Sie schob eines der beiden Kinder nach vorne: »Sebastian, zeig dem Herrn mal, was du mit den Füßen kannst!«
Mehr und mehr Menschen blieben stehen, unter ihnen auch ein Polizist mit weißer Mütze.
»Achtung, Polizei!«, flüsterte Herr Taschenbier dem Sams zu, drückte dem alten Mann die Hundeleine in die Hand, fasste Frau März am Arm und ging mit ihr und dem Sams schnell weiter, während sich hinter ihnen der Junge auf eine Bank setzte, die Schuhe auszog und den Leuten zeigte, wie er mit den Fußzehen einen Knoten in eine Schnur binden konnte.

Vor Frau Rotkohls Haus blieben die drei noch ein bisschen stehen und plauderten.
Das Sams sprach nicht viel und kickte mit seinen extrabreiten Schuhen gegen die Hauswand.
»Wann sehen wir uns morgen wieder?«, fragte Herr Taschenbier.
»Gleich nach dem Aufwachen. Du musst einfach nur zu meinem Bett hinübergucken, ich bin nicht zu übersehen«, sagte das Sams.
»Ich meine doch Frau März«, sagte Herr Taschenbier.
»Aha. Das hab ich mir fast gedacht«, sagte das Sams missmutig und trat noch heftiger gegen die Wand.
»Gehen wir wieder zusammen spazieren?«, fragte Herr Taschenbier. »Ich würde mich sehr freuen.«

»Ich nicht«, murmelte das Sams.
»Wenn Sie wollen, gern«, antwortete Frau März. »Ich bin schon gespannt, was dem Sams alles einfallen wird.«
»Die Einfälle fallen aus, ich bleib zu Haus«, sagte das Sams.
»Warum denn?«, fragte Frau März. »Komm doch mit!«
»Zu dritt? Keinen Schritt geh ich mit«, sagte das Sams.
Herr Taschenbier sagte: »Du meinst wohl: Ein Sams hat da wirklich gar nichts zu suchen, bei dieser Besprechung …«
»… zwischen Honigkuchen und Streuselkuchen!«, ergänzte das Sams und lachte doch wieder.
»Was meint es damit?«, fragte Frau März.
»Das«, sagte Herr Taschenbier, »erklär ich dir, wenn wir uns morgen wiedersehen, ja?«
»Einverstanden. Dann also bis morgen!«, antwortete sie. »Wir treffen uns zum Mittagessen, ja?«
Erst als sie schon weggegangen war, fiel Herrn Taschenbier auf, dass er zum ersten Mal »du« zu ihr gesagt hatte.

12. Kapitel
Der Abschied

Am Mittwochabend musste das Sams lange auf Herrn Taschenbier warten. Um sich nicht zu langweilen, beschloss es, Herrn Taschenbiers weiße Bettdecke durch ein Würstchenmuster zu verschönern, nahm einen roten Filzstift, und begann zu malen.

Nach dem neunundsechzigsten Würstchenbild war die Bettdecke restlos vollgemalt und kein freier Platz für ein noch so kleines siebzigstes zu finden. Deshalb suchte sich das Sams einen anderen Filzstift und verzierte jedes Würstchen mit einem Klecks Senf. Weil es keinen dunkelgelben Stift fand, malte es den Senf einfach hellblau.

Es war gerade beim vierundsechzigsten Senfklecks angelangt, als Herr Taschenbier bestens gelaunt nach Hause

kam und gleich zu schwärmen anfing: »Es war herrlich heute. Wundervoll. Einer der schönsten Tage, die ich erlebt habe!«
»Wenn es ohne mich schon so herrlich wundervoll war, was glaubst du, wie unvergleichlich einzigartig es erst gewesen wäre, wenn du mich mitgenommen hättest«, sagte das Sams.
Herr Taschenbier schüttelte den Kopf. »Nein, das glaube ich nicht. Schöner hätte es gar nicht sein können.«
Er fragte: »Ist das ein Vorwurf? Du selbst hast doch gesagt, dass du hierbleiben willst.«
»Ja, ja. Du hättest ja doch die ganze Zeit nur Frau Februar angeguckt.«
»Frau *März*«, verbesserte Herr Taschenbier. »Oder sag lieber gleich ›Margarete‹. So heißt sie nämlich.«
»Seit wann weißt du das denn?«
»Seit heute Abend.« Gleich darauf begann er schon wieder zu schwärmen: »Sie ist die großartigste, liebenswürdigste und lustigste Frau, die ich je kennengelernt habe.«
»Das ist richtig«, sagte das Sams. »Weil sie ja die einzige ist, die du je kennengelernt hast.«
»Nein, nein. Mit neunzehn war ich schon einmal *sehr* in eine Brigitte verliebt«, erzählte Herr Taschenbier. »Leider hab ich es ihr nie gesagt. Sie hat dann einen Zahnarzt geheiratet.«
»Und der Margarine, hast du's der schon gesagt?«
»*Margarete*!«, verbesserte Herr Taschenbier. »Nein, noch nicht. Aber ich glaube, ich werde es bald tun.«
»Na, dann weiß ich ja, was auf mich zukommt und was von dir weggeht«, sagte das Sams.

»Du musst nicht eifersüchtig sein«, sagte Herr Taschenbier schnell, ohne darüber nachzudenken, was das Sams wohl gemeint haben könnte. »Wenn ich auch in Margarete verliebt bin, werde ich dich trotzdem nicht links liegen lassen.«
»Auch nicht rechts stehen und in der Mitte sitzen lassen?«, fragte das Sams.
»Nie!«, beteuerte Herr Taschenbier.
Leider vergaß er diesen guten Vorsatz nur allzu schnell.

In den folgenden Wochen bekam das Sams Herrn Taschenbier nur sehr wenig zu sehen, weil er die meiste freie Zeit mit Margarete verbrachte. Und wenn er sich mal Zeit für das Sams nahm, erzählte er doch nur, was Margarete Witziges gesagt und wie nett sie gelacht habe und dass es keine zweite Frau wie sie gäbe.
Das Sams freundete sich sogar ein bisschen mit Herrn Mon und seinem Papagei an, leistete ihnen Gesellschaft und hielt den Hasen Moppel vorsichtig fest, wenn Herr Mon ihm eine Mütze überziehen wollte. Moppel hatte nämlich Ohrenschmerzen und musste fünf Tage lang ein Wollmützchen tragen, das Frau Rotkohl extra für ihn gestrickt hatte.
Herrn Mon fiel es natürlich auch auf, dass Herr Taschenbier nur noch selten zu Hause war.
»Wann habe ich Bruno eigentlich zuletzt gesehen? Vor genau einer Woche«, sagte er. »Und dabei wohne ich doch schon mehr oder weniger hier. Wird es Zeit, dass er sich mal wieder blicken lässt? Und wie! Weil ich ihn nämlich dringend sprechen muss.«
Es dauerte aber noch drei weitere Tage, bis er seinen Freund zufällig im Flur traf.

Herr Taschenbier trug ein neues, buntes Hemd mit einem kühnen Zackenmuster, hatte einen Blumenstrauß unter dem Arm und war offensichtlich in ausgelassener Stimmung.
»Hallo, Anton«, rief er gleich. »Dass man dich auch mal wieder sieht! Schau: Erinnerst du dich noch?« Er deutete auf sein linkes Ohr.
»Ist das erstaunlich? Ja, das ist es«, sagte Herr Mon. »Du kannst immer noch mit den Ohren wackeln wie damals in der 4a. Ob ich es wohl auch schaffe? Ja, guck mal, ich kann es!« Herr Mon war begeistert. »Komm mit in die Küche, Bruno. Trinken wir zusammen ein schönes Tässchen Kaffee? Ja, und ob! Apfelkuchen gibt es auch, von Annemarie gebacken. Ich muss nämlich mit dir reden. Ja, das muss ich.«
Er schenkte erst Herrn Taschenbier eine Tasse Kaffee ein, dann sich selbst, versenkte vier Stück Zucker in seiner

Tasse, rührte so lange und stürmisch um, dass der Inhalt überschwappte und auf der Untertasse eine dunkle Pfütze entstand, und sagte dabei: »Fällt es mir schwer, darüber mit dir zu reden? Ja, das tut es. Obwohl so eine Hochzeit natürlich ein freudiges Ereignis ist.«

»Du willst mit mir über meine Hochzeit sprechen?«, fragte Herr Taschenbier erstaunt.

»Will ich über deine sprechen? Nein, natürlich nicht, sondern über meine. Annemarie und ich wollen uns fest aneinander binden, ja, das wollen wir.«

»Herzlichen Glückwunsch. Schön, dass du mir das als Erstem erzählst!«

»Gibt es ein Problem dabei? Ja, leider«, fuhr Herr Mon fort. »Und was für ein großes! Es geht um dein Zimmer. Wenn ich hier einziehe, bringe ich natürlich nicht nur Moppel mit und Herkules, den Papagei, sondern auch Nero, Nikolaus, Tucker, Klärchen und die anderen Tiere. Ja, das tue ich.«

Herr Mon seufzte, es fiel ihm offensichtlich schwer weiterzusprechen.

»Und da brauchst du mein Zimmer als Tierzimmer«, sagte Herr Taschenbier. »Ich verstehe.«

Herr Mon nickte. »Musst du deshalb gleich ausziehen? Nein, musst du nicht. Lass dir Zeit, Bruno, und suche in aller Ruhe. Und später darfst du natürlich jederzeit zu Besuch kommen, ja, das darfst du.«

Herr Taschenbier sagte: »Du musst gar kein schlechtes Gewissen deshalb haben, Anton. Ich will sowieso ausziehen und uns eine Wohnung suchen.«

»*Uns?*«, fragte Herr Mon. »Höre ich richtig? Oder meinst du dich und das Sams?«

»Nein, Margarete und mich«, gestand Herr Taschenbier. »Wir wollen zusammenziehen.«
»Und das Sams?«, fragte Herr Mon.
»Das nehmen wir natürlich mit. Margarete mag es auch und findet es sehr witzig.«
»Ob das Sams das auch witzig findet? Wohl nicht«, sagte Herr Mon. »Hast du denn schon mit ihm gesprochen?«
»Nein, habe ich nicht«, sagte Herr Taschenbier. »Das werde ich am Samstag tun, da habe ich frei und mehr Zeit. Heute bin ich schon verabredet.«
Aber das Sams kam ihm zuvor.

Als Herr Taschenbier am Samstag dem Sams gerade erklären wollte, dass er mit ihm ein wichtiges Gespräch führen müsse, sagte es: »Papa, renn mal nicht gleich wieder zu deiner Margarine; ich muss mit dir was Wichtiges besprechen.«
»Du mit mir?«, fragte Herr Taschenbier verblüfft.
»Ja, mit dir. Denkst du, mit der Rotkohl?!«
»Dann fang mal an!«, sagte er. »Ich bin gespannt.«
»Ich will was ausprobieren. Probieren und studieren. Wie viele Punkte hast du eigentlich noch?«
»Punkte?« Herr Taschenbier knöpfte sein neues, groß kariertes Hemd auf und betrachtete seinen Bauch. »Nur noch fünf«, zählte er. »Dabei hast du doch in letzter Zeit gar nichts gewünscht.«
»Das wird sich jetzt gleich sofort ändern«, sagte das Sams. »Hör gut zu: Ich wünsche, dass du dich kein einziges Mal mehr mit Margarete März triffst! He, das waren ja fünf ›m‹ hintereinander. Sehr schön gut, was?!«

»Warum darf ich sie denn nicht mehr treffen?«, rief Herr Taschenbier erschrocken. Die vielen »m« interessierten ihn nicht die Bohne. »Warum wünschst du so was Gemeines?!«
»Ich will gucken, was passiert!«
»Na gut, dann lass uns zusammen ›Sechsundsechzig‹ spielen.« Der Wunsch hatte gewirkt. Herr Taschenbier holte das Spiel aus dem Regal und begann, die Karten zu mischen.
»Jeder bekommt sechs Karten«, sagte er dabei und teilte die Karten aus.
»Ich weiß«, antwortete das Sams. »Diesmal darfst du anfangen, Papa. Guck mal: Die roten sind wieder Trumpf. Gut, gut, gut. Was weiß ein jeder Kartenesser? Rote Karten schmecken besser!«
Aber Herr Taschenbier war nicht richtig bei der Sache, spielte falsch aus, nahm die Karte wieder zurück, putzte umständlich seine Brille, stand auf, ging hin und her, setzte sich wieder, überlegte minutenlang und knabberte aus Versehen die Herzdame an.
Draußen im Flur klingelte das Telefon.
Frau Rotkohl klopfte an die Tür, steckte den Kopf ins Zimmer und rief: »Telefon für Sie, Herr Taschenbier. Eine Frau Nerz oder Merz will Sie sprechen.«
Herr Taschenbier rief: »Ich komme!«, und rannte in den Flur.
Das Sams lauschte gespannt.
»Hallo, Schatz! … Nein, ich hab nicht vergessen, dass wir verabredet sind … Was sagst du? … Aber nein, das stimmt nicht. Es hängt mit dem Sams und seinen Wünschen zu-

sammen … Jetzt gleich?« Herr Taschenbier fuhr sich mit dem Finger in den Hemdkragen. »Ich will's versuchen.«
Er legte den Hörer auf.
»Wo gehst du hin, Papa?«, rief das Sams.
Herr Taschenbier gab keine Antwort. Langsam ging er durch den Flur, schwerfällig, als hätte ihm jemand Steine an die Füße gebunden. So schleppte er sich durch die Haustür, den Bürgersteig entlang und bog endlich um eine Straßenecke.
Der Schweiß lief ihm über das Gesicht, ihm war übel. Er knöpfte mit zitternden Fingern den Hemdkragen auf, weil er kaum noch Luft kriegte.

Je näher er dem verabredeten Treffpunkt mit Margarete kam, desto stärker musste er gegen den Sams-Wunsch ankämpfen, desto heftiger schlug sein Herz, desto hastiger ging sein Atem. Er blieb stehen, wischte sich mit dem Taschentuch übers Gesicht. Er fragte sich, ob er es jemals schaffen könne.

Zu Hause, in Herrn Taschenbiers Zimmer, wartete das Sams und wurde immer unruhiger.
Nach einer Weile klopfte es an die Wohnzimmertür und fragte: »Herr Mon, kann ich dich mal kurz sprechen?«
»Ja, das kannst du«, sagte Herr Mon.
»Ich glaube, ich habe was sehr Dummes gewünscht«, flüsterte das Sams. »Der Wunsch kämpft jetzt gegen Papa Taschenbier. Es geht ihm sicher genauso schlecht wie mir damals, als du die Wunschmaschine angestellt hast. Weißt du noch?«
»Erinnere ich mich daran? Und ob ich das tue. Damals bist du ja fast eingegangen, wenn ich das so sagen darf. Und ich wäre schuld gewesen. Was tun wir nur mit Bruno? Sollen wir ihn suchen? Ja, das sollten wir!«
Gerade als Herr Mon mit dem Sams aus der Tür trat, hielt ein Taxi vor dem Haus. Frau März stieg aus und kam zu Herrn Mon gelaufen.
»Können Sie mir bitte helfen?«, fragte sie. »Bruno geht's ganz schlecht. Wir müssen ihn stützen, er ist fast ohnmächtig.«
Herr Mon nahm seinen Freund fürsorglich beim rechten Arm, Frau März fasste den linken, so schoben, hoben und zogen sie Herrn Taschenbier in sein Zimmer und legten ihn aufs Bett.
Kaum lag Herr Taschenbier, beugte sich das Sams zu ihm hinunter und flüsterte ihm ins Ohr: »Ich wünsche, dass es dir wieder ganz sehr gut geht!«
Herr Taschenbier sprang auf, machte ein paar Kniebeugen, reckte sich und sagte zu seiner Freundin: »Margarete, wie schön, dass du mich besuchst, und wie schön, dass du endlich meinen Freund Anton kennengelernt hast. Hab ich dir

schon viel von seiner Art zu reden erzählt? Ja, das habe ich.« Er grinste Herrn Mon zu.
Der schüttelte den Kopf und sagte: »Ist das zu fassen? Nein, ist es nicht. Gerade war er noch todkrank, jetzt macht er schon wieder Witze, und das auch noch über mich.«
Frau März hatte einen Verdacht: »Ich glaube, wir sollten mal das Sams fragen, was hier eigentlich vor sich geht.«
»Du hast recht«, sagte Herr Taschenbier. Er schaute das Sams vorwurfsvoll an. »Wenn ich auch fast ohnmächtig war, das Gedächtnis habe ich nicht verloren: Wie konntest du so was Gemeines wünschen!«
»Es tut mir leid, Papa. Aber es war doch ein ganz arg sehr wichtiger Test. Herzlichen Glückwunsch, ihr habt ihn bestanden!«
»Was für ein Test? Wer hat ihn bestanden?«
»Bruno Taschenbier und Margarine März. Du wolltest dich mit ihr treffen, und dein Wunsch war so stark, dass er sogar einen Wunschpunktwunsch besiegt hat. Das sagt alles!«
»Und was genau sagt das, bitte schön?«, fragte Herr Taschenbier.

»Erstens steht jetzt fest für mich,
ist sie die Richtige für dich.
Zweitens, Papa, sag ich dir,
passt du genauso gut zu ihr«,

reimte das Sams.
Herr Taschenbier lachte. »Dass sie die Richtige ist, hätte ich dir auch so sagen können. Dazu hättest du nicht diese Wunschprobe veranstalten müssen!«
»Doch, Papa, das musste ich sogar unbedingt. Ich gehe

nämlich nur weg, wenn ich weiß, dass es dir auch ohne mich gut geht. Und jetzt fällt mir der Abschied nicht schwer.«
»Abschied?«, fragte Frau März.
»Abschied? Was soll das heißen?«, fragte auch Herr Taschenbier.
»Ich muss gehen. Heute ist Samstag, der beste Tag dafür. Samsregel Nummer fünf:

Dass Samse immer samstags gehen,
kann selbst die Polizei verstehen!«

»Was redest du da nur? Du bleibst gefälligst hier!«, sagte Herr Taschenbier. »Ich lass dich nicht gehen.«
Das Sams fasste ihn bei der Hand. »Ich war ja sowieso schon viel zu lange bei dir! Länger als bei jedem Papa vorher. Du brauchst mich jetzt wirklich nicht mehr, glaub es mir.«
»Bitte, bleib trotzdem bei uns«, sagte Frau März. »Wir würden dich wie unser eigenes Kind behandeln.«
»Kind!« Das Sams schüttelte sich angewidert. »Ich bin kein Kind, wie oft soll ich euch das noch erklären. Ich bin ein Sams!«
Herrn Taschenbier kam ein Gedanke. »Du kannst ja gar nicht weg!«, sagte er triumphierend. »Weil ich nämlich gewünscht habe, dass du immer bei mir bleiben sollst.«
»Doch, ich kann. Hör mal: Ich wünsche, dass dieser Wunsch von dir nicht mehr gilt.«
»Iiii«, machte Herr Taschenbier und fasste sich mit beiden Händen an den Bauch. »Das war wieder so ein B. S. W.!«
»Verstehe ich ein Wort von eurer Unterhaltung? Nein, das tue ich nicht«, sagte Herr Mon, der bis jetzt nur stumm und staunend dabeigestanden hatte. »Was ist denn ein B. S. W., Bruno? Ich kenne nur BMW.«

»Kann er dir das in aller Ruhe erklären, wenn ich weg bin? Ja, das kann er«, sagte das Sams. »Zwei Wünsche habe ich noch frei. Vielleicht sollte ich den ersten an die Polizei verschwenden, für alle Fälle. – Gut, ich wünsche, dass die beiden Polizisten aus dem Polizeirevier sich nie mehr an Papa Taschenbier erinnern, auch wenn sie ihn mal auf der Straße sehen sollten.«

»Danke«, sagte Herr Taschenbier. »Musst du wirklich gehen? Kannst du es dir nicht noch einmal überlegen? Bleib hier!«

»Würde mich das freuen? Ja, das würde es. Und Moppel sicher auch. Vielleicht sogar Annemarie«, sagte Herr Mon.

»Bleib doch!«, bat auch Frau März.

»Nein, nein. Ich würde da nur stören. Aber ich verspreche, dass ich wiederkomme, um nach euch zu gucken. Spätestens, wenn ihr ein Kind habt. Damit es was von mir lernen kann.« Dieser Gedanke schien das Sams zu begeistern. »Ich glaube, es kann sogar eine ganz schön große Menge von mir lernen! Jetzt weiß ich auch, was ich mit dem letzten Punkt wünsche: Rückholtropfen, bitte schön!«

Es kramte in den Taschen seiner Pluderhose und überreichte Herrn Taschenbier eine kleine, grüne Flasche mit blauen Punkten. Auf dem Etikett stand in Samsschrift: »S.R.Tr.«

»Was ist da drinnen?«, fragte Herr Taschenbier.

»Das sind die einzigen echten, unübertrefflichen, immer wirksamen Sams-Rückhol-Tropfen. Wenn du mich brauchst, nimmst du sieben davon ein; für jeden Wochentag einen Tropfen. Und PENG! SCHWUPPS! ZONG! steh ich schon vor dir, neben dir oder hinter dir.«

»Und wenn *ich* dich brauche?«, fragte Frau März. »Wirken die auch bei mir?«
»Leider nicht«, sagte das Sams. »Das funktioniert nur bei einem Sams und seinem Papa Taschenbier. Macht aber nichts: Du kannst ihn ja bitten, sieben Tropfen einzunehmen, wenn du mich brauchst.«
»Und wenn wir gerade Streit haben und nicht miteinander reden?«
»Ihr werdet hoffentlich glücklich miteinander sein und nicht allzu oft streiten!«
»Man kann manchmal miteinander streiten *und* glücklich sein.«
»Hmmm«, das Sams überlegte, grinste und flüsterte Frau März ins Ohr: »Du schüttest ihm die sieben Tropfen heimlich in seinen Morgenkaffee. Wenn er den trinkt, hat er die Tropfen eingenommen, ohne es zu merken, und schon bin ich bei euch!«

Herr Taschenbier versuchte mitzuhören, verstand aber nichts.
Frau März nickte lachend. »Ja, so geht es!«
»Geht es so? Es geht. Das Sams nämlich. Es geht schnurstracks sofort gleich. Sonst fangen alle noch an zu heulen.« Es drückte Herrn Taschenbier fest an sich, dann Frau März, drückte Herrn Mon die Hand und sagte: »Einen Gruß an Annemarie. Sie wird mich am wenigsten vermissen.« Und schon war es verschwunden.
»Es geht weg, ohne die Tür zu benutzen! Kann man das verstehen? Nein, kann man nicht«, sagte Herr Mon. »Ich muss es unbedingt fragen, wie es das macht. Kommt das Sams wohl wieder?«
»Ja, das tut es!«, antworteten Frau März und Herr Taschenbier wie aus einem Mund.
»Ihr seid da ganz sicher?«, fragte Herr Mon.
»Ja, das sind wir«, sagte Herr Taschenbier. »Warum hätte es denn sonst die Sams-Rückhol-Tropfen hiergelassen?!«

Paul Maar

Seine schönsten Kinder- und Jugendbücher